刘亮程 作 品

*Many Grasses
Grow
Disorderly*

许多草胡乱长着

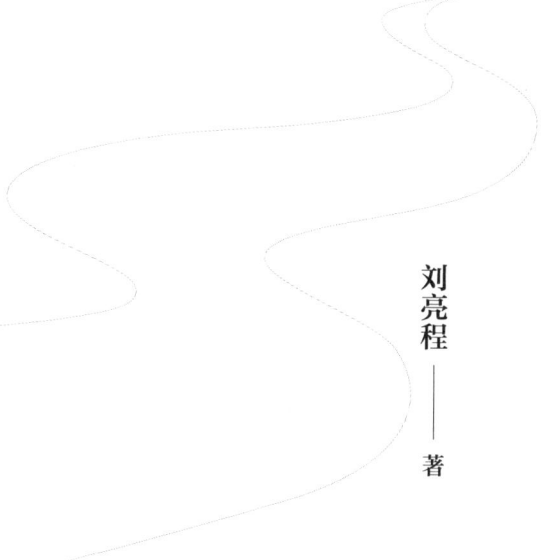

刘亮程 ——— 著

天 地 出 版 社 | TIANDI PRESS

图书在版编目（CIP）数据

许多草胡乱长着 / 刘亮程著. -- 成都：天地出版社, 2025. 1.（2025.4重印）-- ISBN 978-7-5455-8561-2

Ⅰ. I217.2

中国国家版本馆CIP数据核字第2024LP7199号

XUDUO CAO HULUAN ZHANGZHE

许多草胡乱长着

出 品 人	杨 政
作 者	刘亮程
责任编辑	孙若琦
责任校对	杨金原
封面设计	日·尧
内文排版	焕 之
责任印制	王学锋

出版发行	天地出版社
	（成都市锦江区三色路238号　邮政编码：610023）
	（北京市方庄芳群园3区3号　邮政编码：100078）
网　　址	http://www.tiandiph.com
电子邮箱	tianditg@163.com
经　　销	新华文轩出版传媒股份有限公司

印　　刷	北京天宇万达印刷有限公司
版　　次	2025年1月第1版
印　　次	2025年4月第2次印刷
开　　本	880mm×1230mm　1/32
印　　张	7
字　　数	146千字
定　　价	58.00元
书　　号	ISBN 978-7-5455-8561-2

版权所有◆违者必究

咨询电话：（028）86361282（总编室）

购书热线：（010）67693207（营销中心）

如有印装错误，请与本社联系调换。

那片荒野不是谁的,
许多草还没有名字,
胡乱地长着。
每个人都在自己的生命中,
孤独地过冬。

目录

第一部分：一个人的村庄

我改变的事物	004
住多久才算是家	009
别人的村庄	017
寒风吹彻	027
捉迷藏	034
树会记住许多事	044
老根底子	049
木匠	052
今生今世的证据	056
先父	059
后父	073

第二部分：虚土

度过我一生的那个人	080
五岁的早晨	082
我不长大，不行吗	085

一个人要死	093
一个人出生	097
一朵云	100
烧荒	103
刘扁	107
张望	112
冯七	116
韩拐子	119
王五	123
夜晚的咳嗽	127
马老得胡子都白了	131
瞎了	134
赌徒	145
冯三	153
树上的孩子	157
一朵花向整个大地开放自己	161

第三部分：飞机配件门市部

飞机配件门市部	168

在时间经过这个小村庄的时候，我帮了时间的忙，让该变的一切都有了变迁。我老的时候，我会说，我是在时光中活老的。

第一部分

一个人的村庄

我改变的
事物

　　我年轻力盛的那些年，常常扛一把铁锨，像个无事的人，在村外的野地上闲转。我不喜欢在路上溜达，那个时候每条路都有一个明确去处，而我是个毫无目的的人，不希望路把我带到我不情愿的地方。我喜欢一个人在荒野上转悠，看哪不顺眼了，就挖两锨。那片荒野不是谁的，许多草还没有名字，胡乱地长着。我也胡乱地生活着，找不到值得一干的大事。在我年轻力盛的时候，那些很重很累人的活儿都躲得远远的，不跟我交手。等我老了没力气时又一件接一件来到生活中，欺负一个老掉的人。我想，这就是命运。

　　有时，我会花一晌午工夫，把一个跟我毫无关系的土包铲平，或在一片平地上无辜地挖一个大坑。我只是不想让一把好锨在我肩上白白生锈。一个在岁月中虚度的人，再搭上一把锨、一幢好房子,甚至几头壮牲口,让它陪你虚晃荡一世,那才叫不道德呢。当然,在我使唤坏好几把铁锨后,也会想到村里老掉的一些人,没见他们干出啥大事便把自己使唤成这副样子,腰也弯了,骨头也散架了。

几年后我再经过这片荒地,就会发现我劳动过的地上有了些变化,以往长在土包上的杂草下来了,和平地上的草挤在一起,再显不出谁高谁低。而我挖的那个大坑里,深陷着一窝子墨绿。这时我内心的激动别人是无法体会的——我改变了一小片野草的布局和长势。就因为那么几锨,这片荒野的一个部位发生变化了,每个夏天都落到土包上的雨,从此再找不到这个土包。每个冬天也会有一些雪花迟落地一会儿——我挖的这个坑增大了天空和大地间的距离。对于跑过这片荒野的一头驴来说,这点变化算不了什么,它在荒野上随便撒泡尿也会冲出一个不小的坑来。而对于世代生存在这里的一只小虫,这点变化可谓地覆天翻,有些小虫一辈子都走不了几米,在它的领地随便挖走一锨土,它都会永远迷失。

有时我也会钻进谁家的玉米地,蹲上半天再出来。到了秋天就会有一两株玉米,鹤立鸡群般耸在一片平庸的玉米地中。这是我的业绩,我为这户人家增收了几斤玉米。哪天我去这家借东西,碰巧赶上午饭,我会毫不客气地接过女主人端来的一碗粥和半块玉米饼子。

我是个闲不住的人,却永远不会为某一件事去忙碌。村里人说我是个"闲锤子",他们靠一年年的勤劳改建了家园,添置了农具和衣服。我还是老样子,他们不知道我改变了什么。

一次我经过沙沟梁,见一棵斜长的胡杨树,有碗口那么粗吧,我想它已经歪着身子活了五六年了。我找了根草绳,拴在邻近的一棵榆树上,费了很大劲把这棵树拉直。干完这件事我就走了。两年后我回来的时候,一眼看见那棵歪斜的胡杨已经长直了,既挺拔又壮实。拉直它的那棵榆树却变歪了。我改变了两棵树的长势,而现在,谁也改变不了它们了。

我把一棵树上的麻雀赶到另一棵树上,把一条渠里的水引进另一条渠。我相信我的每个行为都不同寻常地充满意义。我是一个平常的人,住在这样一个偏僻小村庄里,注定要无所事事地闲逛一辈子。我得给自己找点闲事,有个理由活下去。

我在一头牛屁股上拍了一锨,牛猛蹿几步,落在最后的这头牛一下子到了牛群最前面,碰巧有个买牛的人,这头牛便被选中了。对牛来说,这一锨就是命运。我赶开一头正在交配的黑公羊,让一头急得乱跳的白公羊爬上去,这对我只是个小动作,举手之劳。羊的未来却截然不同了,本该下黑羊羔的那只母羊,因此只能下只白羊羔了。黑公羊肯定会恨我的,我不在乎。恨我的那只羊和感激我的那只羊,都在牧羊人的吆喝里,尘土飞扬地翻过了沙梁。

它们再被吆回来时,已是另一个黄昏了。那时我正站在另一道沙梁上，目送落日呢。没人知道这一天的太阳是我送走的。每天黄昏独自站在沙梁上，向太阳挥手告别的那个人就是我。除了我，谁会做这个事呢。家里来个客人走了，都会有人送到村头。照耀了我们一整天的太阳走了，却没有人送别。他们不干的事就是我的事。我一直看着太阳走远，当它落在地平线上，那红彤彤的半个脸庞依依不舍地看着我时，我知道这个村庄里它只认得我。因为，明天一早，独自站在村东头招手迎接日出的，肯定还是我。

当我五十岁的时候，我会很自豪地目睹因为我而成了现在这个样子的大小事物，在长达一生的时间里，我有意无意地改变了它们，让本来黑的变成白，本来向东的去了西边……而这一切，只有我一个人清楚。

我扔在路旁的那根木头，没有谁知道它挡住了什么。它不规则地横在那里，是一种障碍，一段时光中的堤坝，又像是一截指针，一种命运的暗示。每天都会有一些村民坐在木头上，闲扯一个下午。也有几头牲口拴在木头上，一个晚上去不了别处。因为这根木头，人们坐到了一起，扯着闲话商量着明天、明年的事。因此，第二天就有人扛一架农具上南梁坡了，有人骑一匹快马上胡家海子了……而在这个下午之前，人们都没想好该去干什么。没这根木头生活可能会是另一个样子。坐在一间房子里的板凳上和坐在路边的一根木头上商量出的事肯定是完全不同的两种结果。

多少年后当眼前的一切成为结局，时间改变了我，改变了村里的一切。整个老掉的一代人，坐在黄昏里感叹岁月流逝、沧桑巨变。没人知道有些东西是被我改变的。在时间经过这个小村庄的时候,我帮了时间的忙,让该变的一切都有了变迁。我老的时候,我会说,我是在时光中活老的。

住多久才算
是家

我喜欢在一个地方长久地生活下去——具体点说，是在一个村庄的一间房子里。如果这间房子结实，我就不挪窝地住一辈子。一辈子进一扇门，睡一张床，在一个屋顶下御寒和纳凉。如果房子坏了，在我四十岁或五十岁的时候，房梁朽了，墙壁出现了裂缝，我会很高兴地把房子拆掉，在老地方盖一幢新房子。

我庆幸自己竟然活得比一幢房子更长久。只要在一个地方久住下去，你迟早会有这种感觉。你会发现周围的许多东西没有你耐活。树上的麻雀有一天突然掉下一只来，你不知道它是老死的还是病死的。树有一天被砍掉一棵，做了家具或当了烧柴。陪伴你多年的一头牛，在一个秋天终于老得走不动。算一算，它远没有你的年龄大，只跟你的小儿子岁数差不多，你只好动手宰掉或卖掉它。

一般情况，我都会选择前者。我舍不得也不忍心把一头使唤老的牲口再卖给别人使唤。我把牛皮钉在墙上，晾干后做成皮鞭和皮具。把骨头和肉炖在锅里，一顿一顿吃掉。这样我才会觉得舒服些，我没有完全失去一头牛，牛的某些部分还在我的生活中起着作用，我还继续使唤着它们。尽管皮具有一天也会被磨断，拧得很紧的皮鞭也会被抽散，扔到一边。这都是很正常的。

甚至有些我认为是永世不变的东西，在我活过几十年后，发现它们已几经变故，面目全非。而我，仍旧活生生的，虽有一点衰老迹象，却远不会老死。

早年我修房后面那条路的时候，曾想到这是件千秋功业，我的子子孙孙都会走在这条路上。路比什么都永恒，它平躺在大地上，折不断、刮不走，再重的东西它都能经住。

有一年一辆大卡车开到村里，拉着一满车铁，可能是走错路了，想掉头回去。村中间的马路太窄，转不过弯。开车的师傅找到我，很客气地说要借我们家房后的路走一走，问我行不行。我说没事，你放心走吧。其实我是想考验一下我修的这段路到底有多结实。卡车开走后我发现，路上只留下浅浅的两道车轱辘印。这下我更放心了，暗想，以后即使有一卡车黄金，我也能通过这条路运到家里。

可是，在一年后的一场雨中，路却被冲断了一大截，其余的路面也泡得软软的，几乎连人都走不过去。雨停后我再修补这段路面时，已经不觉得道路永恒了，只感到自己会生存得更长久些。以前我总以为一生短暂无比，赶紧干几件长久的事业留传于世。现在倒觉得自己可以久留世间，其他一切皆如过眼烟云。

我在调教一头小牲口时，偶尔会脱口骂一句：畜生，你爷爷在我手里时多乖多卖力。骂完之后忽然意识到，又是多年过去。陪伴过我的牲口、农具已经消失了好几茬，而我还那样年轻有力、信心十足地干着多少年前的一件旧事。多少年前的村庄又浮现在脑海里。

如今谁还能像我一样幸福地回忆多少年前的事呢。那匹三岁的儿马，一岁半的母猪，以及路旁林带里只长了三个夏天的白杨树，它们怎么会知道几十年前发生在村里的那些事情呢。它们来得太晚了，只好遗憾地生活在村里，用那双没见过世面的稚嫩眼睛，看看眼前能够看到的，听听耳边能够听到的，却对村庄的历史一无所知，永远也不知道这堵墙是谁垒的，那条渠是谁挖的。谁最早蹚过河开了那一大片荒地，谁曾经乘着夜色把一大群马赶出村子，谁总是在天亮前提着裤子翻院墙溜回自己家里……这一切，连同完整的一大段岁月，被我珍藏了，成了我一个人的。除非我说出来，谁也别想再走进去。

当然，一个人活得久了，麻烦事也会多一些。就像人们喜欢在千年老墙万年石壁上刻字留名以求共享永生，村里的许多东西也都喜欢在我身上留印迹。它们认定我是不朽之物，咋整也整不死。我的腰上至今还留着一头母牛的半只蹄印。它把我从牛背上掀下来，朝着我的光腰杆就是一蹄子。踩上了还不赶忙挪开，直到它认为这只蹄印已经深刻在我身上了，才慢腾腾移动蹄子。我的腿上深印着好几条狗的紫黑牙印，有的是公狗咬的，有的是母狗咬的。它们和那些好在文物古迹上留名的人一样，出手隐蔽敏捷，防不胜防。我的脸上身上几乎处处有蚊虫叮咬的痕迹，有的深，有的浅。有的过不了几天便消失了，更多的伤痕永远留在身上。而留在我心中的东西就更多了。

我背负着曾经与我一同生活过的众多生命的珍贵印迹，感到自己活得深远而厚实，却一点不觉得累。有时在半夜腰疼时，想起踩过我的已离世多年的那头母牛，它的毛色和花纹。有时走路腿困时，记起咬伤我的一条黑狗的皮，还展展地铺在我的炕上，当了多年的褥子。我成了记载村庄历史的活载体，随便触到哪儿，都有一段活生生的故事。

在一个村庄活久了，就会感到时间在你身上慢了下来。而在其他事物身上飞快地流逝着。这说明，你已经跟一个地方的时光混熟了。水土、阳光和空气都熟悉了你，知道你是个老实安分的人，多活几十年也没多大害处。不像有些人，有些东西，满世界乱跑，让光阴满世界追他们。可能有时他们也偶尔躲过时间，活得年轻而滋润。光阴一旦追上他们就会狠狠报复一顿，一下从他们身上减去几十岁。事实证明，许多离开村庄去跑世界的人，最终都没有跑回来，死在外面了。他们没有赶回来的时间。

平常我也会自问：我是不是在一个地方生活得太久了。土地是不是已经烦我了。道路是否早就厌倦了我的脚印，虽然它还不至于拒绝我走路。事实上我有很多年不在路上走了，我去一个地方，照直就去了，水里草里。一个人走过一些年月后就会发现，所谓的道路不过是一种摆设，供那些在大地上瞎兜圈子的人们玩耍的游戏。它从来都偏离真正的目的。不信去问问那些永远匆匆忙忙走在路上的人，他们走到自己的归宿了吗。没有。否则他们不会没完没了地在路上转悠。

而我呢，是不是过早地找到了归宿，多少年住在一间房子里，开一个门，关一扇窗，跟一个女人睡觉。是不是还有另一种活法，另一番滋味。我是否该挪挪身，面朝一生的另一些事情活一活。就像这幢房子，面南背北多少年，前墙都让太阳晒得发白脱皮了。我是不是把它掉个个儿，让一向阴潮的后墙根也晒几年太阳。

这样想着就会情不自禁在村里转一圈，果真看上一块地方，地势也高，地盘也宽敞。于是动起手来，花几个月时间盖起一院新房子。至于旧房子嘛，最好拆掉，尽管拆不到一根好檩子，一块整土块。毕竟是住了多年的旧窝，有感情，再贵卖给别人也会有种被人占有的不快感。墙最好也推倒，留下一个破墙圈，别人会把它当成天然的茅厕，或者用来喂羊圈猪，甚至会有人躲在里面干坏事。这样会损害我的名誉。

当然，旧家具会一件不剩地搬进新房子，柴火和草也一根不剩拉到新院子。大树砍掉，小树连根移过去。路无法搬走，但不能白留给别人走。在路上挖两个大坑。有些人在别人修好的路上走顺了，老想占别人的便宜，自己不愿出一点力。我不能让那些自私的人变得更加自私。

我只是把房子从村西头搬到了村南头。我想稍稍试验一下我能不能挪动。人们都说：树挪死，人挪活。树也是老树一挪就死，小树要挪到好地方会长得更旺呢。我在这块地方住了那么多年，已经是一棵老树，根根脉脉都扎在了这里，我担心挪不好把自己挪死。先试着在本村里动一下，要能行，我再往更远处挪动。

可这一挪麻烦事跟着就来了。在搬进新房子的好几年间，我收工回来经常不由自主地回到旧房子，看到一地的烂土块才恍然回过神。牲口几乎每天下午都回到已经拆掉的旧圈棚，在那里挤成一堆。我的所有的梦也都是在旧房子。有时半夜醒来，还当是门在南墙上。出去解手，还以为茅厕在西边的墙角。

不知道住多少年才能把一个新地方认成家。认定一个地方时或许人已经老了，或许到老也无法把一个新地方真正认成家。一个人心中的家，并不仅仅是一间属于自己的房子，而是长年累月在这间房子里度过的生活。尽管这房子低矮陈旧，清贫如洗，但堆满房子角角落落的那些黄金般珍贵的生活情节，只有你和你的家人共拥共享，别人是无法看到的。走进这间房子，你就会马上意识到：到家了。即使离乡多年，再次转世回来，你也不会忘记回这个家的路。

我时常看到一些老人，在晴朗的天气里，背着手，在村外的田野里转悠。他们不仅仅是看庄稼的长势，也在瞅一块墓地。他们都是些幸福的人，在一个村庄的一间房子里，生活到老，知道自己快死了，在离家不远的地方，择一块墓地。虽说是离世，也离得不远。坟头和房顶日夜相望，儿女的脚步声在周围的田地间走动，说话声、鸡鸣狗吠时时传来。这样的死没有一丝悲哀，只像是搬一次家。离开喧闹的村子，找个清静处待待。地方是自己选好的，棺木是早几年便吩咐儿女们做好的。从木料、样式到颜色，都是照自己的意愿去做的，没有一丝让你不顺心不满意。

唯一舍不得的便是这间老房子，你觉得还没住够，亲人们也这么说：你不该早早离去。其实你已经住得太久太久，连脚下的地都住老了，头顶的天都活旧了。但你一点没觉得自己有多么"不自觉"。要不是命三番五次地催你，你还会装糊涂活下去，还会住在这间房子里，还进这个门，睡这个炕。

我一直庆幸自己没有离开这个村庄，没有把时间和精力白白耗费在另一片土地上。在我年轻的时候、年壮的时候，曾有许多诱惑让我险些远走他乡，但我留住了自己。我做得最成功的一件事，是没让自己从这片天空下消失。我还住在老地方，所谓盖新房搬家，不过是一个没有付诸行动的梦想。我怎么会轻易搬家呢。我们家屋顶上面的天空，经过多少年的炊烟熏染，已经跟别处的天空大不一样。当我在远处，还看不到村庄，望不见家园的时候，便能一眼认出我们家屋顶上面的那片天空，它像一块补丁，一幅图画，不管别处的天空怎样风云变幻，它总是晴朗祥和地贴在高处，家安安稳稳坐落在下面。家园周围的这一窝子空气,多少年被我吸进呼出,也已经完全成了我自己的气息,带着我的气味和温度。我在院子里挖井时,曾潜到三米多深的地下,看见厚厚的土层下面褐黄色的沙子,水就从细沙中缓缓渗出。而在西边的一个墙角上,我的尿水年复一年已经渗透到地壳深处,那里的一块岩石已被腐蚀得变了颜色。看看,我的生命上抵高天,下达深地。这都是我在一个地方地久天长生活的结果。我怎么会离开它呢。

别人的村庄

我打问一个叫冯富贵的人。我从村庄一头问起，一户挨一户问，问到另一头再问回来。没有人认识冯富贵。天快黑了，我有点着急，眼看那些房子和人就要隐在黑暗中了。

最先看到这个村子是在中午，太阳明晃晃地跟着我不放，它好像终于找到一个值得一照的人。那些遍布荒野的矮蒿子枯枯荣荣多少年了，还这副不死不活的样子，时光对这块地方早就失望了。我四处望了望，也望不到什么尽头。除了前方隐约的一个村子——也可能是一片没有人烟的破房子。以前我遇到过这种事，走了很远的路去一个村庄，走到后才发现，是一片废墟。人都不知到哪去了。

有一次我想把一个没人住的破村子收拾出来自己住。我本来去另一个村子，途中错听了一个老汉的指引，他用一根当拐棍用的榆木棒朝前一指，我便头也不回地走了两天。到达后才知道是一座空村，也不知荒废多少年了，空气中散发着陈腐的烂木头味儿。我想，反正我走到了，管它是不是要去的村子，我也再没力气往别处去。我花了半年工夫，把倒塌的墙一一扶起来，钉好破损的门窗，清理通被土块和烂木头堵住的大路小路。我还从不远处引来一渠水，挨个地浇灌了村庄四周的地。等这一切都收拾好，就到秋天了。一户一户的人们从远处回来，他们拿着钥匙，径直走进各自的家。没有谁对村里发生的这一切感到惊奇。他们好像出去了一会儿又回来似的，悠然自若地在我打扫干净的房子里开始了他们的生活。我躲在一个破羊圈里，观察了这一切，直到我坚信再没有半间房子属于我，在一个月黑风高之夜，我贼一般逃离了那个村子。以后每去一个村庄，我总要仔细眺望一阵，看到炊烟才敢放心走去。

当时这个村子就像一条恭候主人的狗，远远地高翘着一根炊烟的尾巴。还听不到人声。有个两条腿的大东西在我之前穿过荒野，留下很深的两道辙印，我走在其中一条辙印里。身后已经看不到一个村子。我踩起的一小溜尘土缓缓沉落下来，像曾经做过的、正在失去意义的一些事情。

半小时前，三个骑马人迎面而过时，我就想，我走过的路上不会有我的脚印了。三匹马，十二个钉了铁掌的蹄子一路踏去，我那行本来就没踩清楚的脚印会有幸剩下几个呢。一两天后，再过去一群羊或几辆大车，我的行踪便完全消失了。我的脚印不会比一头牛的蹄印更深更长久地留在大地上，很快我将从我走过的路上彻底失踪。一旦我走出去几十里地，谁也别想找到我。

"那么马二球呢，马二球的房子是哪间？"

我拿着七八个人的名字，一遍又一遍打问，开始他们一口咬定村里绝对没有这几个人，他们给我指了一个百里外的村子，让我到那儿去问问。这个村庄也太会打发人，我想在过去的几十年甚至几百年间，他们肯定像打发我一样，给每位来到村里的陌生人指一个百里外的去处——远远打发走他们。这个村庄因此变得孤远、孤僻了。

村子里只有一条路，路旁胡乱地排着些房子。

我再一次问过来时，有人明显动摇了。

"冯富贵？我咋觉得有这么个人呢。"

"胡扯，就几十户人的村子，有没有谁我不清楚。"

"我也觉得，咋这么熟的名字，越听越熟悉。"

天很快暗下来，夜色使我先前看清的东西又变得模糊，房子和人，正一片一片从眼前消失。我站在暗处，听见一大片慌乱的关门声，接着又是一片开门的声音。黑暗中有一群人走到一起，叽叽喳喳议论起这件事，言语黑乎乎地波动在空气里。

我想，他们大概已弄不清是我找错了地方，还是他们自己错住在别人的村庄。

我想在这个村里过一夜，又不认识一个人。

在我一生中经过的村庄中，有些是在大白天穿过的，那些村庄的形状，村人的长相以及牲口的模样都历历在目。至今我仍清晰地记着给过我一碗凉水的那个村妇，她黄中透黑的脸、粘着几根草叶的蓬乱头发、粗糙的不曾洗干净的双手和那只有一个豁口的大白瓷碗。我仍感激着一头默默目送我走远的黑母牛，我们是在一条窄窄的乡道上相遇的。它见我过来，很礼貌地让开小道，扭过头，目光温和地看着我远去。这是它的道。我在经过别人的村庄和土地，我对如此厚重的恩遇终生感激。

我尤其感激那些农人，他们宁肯少收些粮食，在他们珍贵的土地中辟出一条又一条路，让我这个流浪人过去。我相信他们不是怕别人留在村里才这样做的。这是人家的地，即使人家全种上粮食不让你过，你也没有办法。一年夏天我就被一片玉米地挡住过。一望无际的一片玉米，长得密密麻麻。我走了几个来回，怎么也找不到穿过它的路。或许种地人原想：不会有人走到这么远，所以没有留路。没办法，我只好在地边搭了个草棚，我打算住一夏天，等种地人收了玉米，把地腾开我再过去。反正我也没太要紧的事。

等待的过程中我发现自己成了一个看玉米的人，在给谁看守也不清楚。我看着玉米一天天成熟，最后一片金黄了，也不见人来收。第一场雪都下过了，还不见人来。我有些着急。谁把这么大一片玉米扔在大地上就不管了，真不像话。会不会是哪个人春天闲得没事，便带上犁头和播种机，无边无际地种了这片玉米。紧接着因为一件更重要的脱不开身的大事，他便把自己种的这块玉米给忘了。我想是这样的。很多人有这种毛病，种的时候图痛快，四处撒种，好像他有多日能。种出来却没力气照管，任其长荒，被草吃掉。或者干脆一走了之，把偌大一片不像样的庄稼扔在大地上。

我盖了间又高又大的粮仓，花了一冬天时间把埋在雪中的玉米全收进仓中。这时候我已忘了我要去的地方，雪把我的来路和去路全埋了。我封死粮仓的门，随便选了一个方向又开始游荡了。以后经过这里的人们，看到如此巨大的一仓玉米耸在荒地上，惊喜之余，他们会不会想到是我干的呢。

走出很远了，或者说事过多年，每当回头我都看到那幢堆满玉米的粮仓高高耸立在荒野上。我把它留给每一个走过这片远地的人，我知道我再不能回去。

快进村子时，路旁出现了一大片墓地，我数了一下，有上千座坟吧，有些是新堆的，坟土新鲜，花圈虽烂犹存。有些坟头已塌，墓碑倾倒。我断定埋在这儿的，都是我将要去的这个村子里近百年来死掉的人。我停下来，撒了泡尿，是背对着墓地撒的，这是礼貌。尿水到地上很快就不见了，只留下一阵哗哗的水声，在空气中。

这片地方很久没下雨了。

我自己说了一句话。即使一千年没下雨这泡尿也解决不了问题。我系好裤子，一屁股坐在一个坟堆上。我感到累了。我屁股下面的这个人可能早不知道累了，不管他是累死的还是老死的，他都早休息好了。我看了看墓碑上的文字：

冯富贵之墓

生于 × 年 × 月 × 日

卒于 × 年 × 月 × 日

我在这片荒野上第一次看到文字，有点欣喜若狂。我掏出本子，记下这个名字，又转了几座坟，记下另几个人的名字。当时没想它的用处，后来进了村子，实在找不到落脚的地方，才突然想到记下的这几个人。

墓地看上去比村子大几十倍，也就是说，这个村里死掉的人远比现在活着的人多得多。这是另一个村子，独碑独墓，一户一户排列着，活人为死人也下了大功夫，花了钱。里面的棺材陪葬品自不用说，光这墓碑，我蹬了一脚，硬邦邦，全是上好的石料，收拾起来足够盖一大院好房子。我曾用四块墓碑围过一个狗窝。我把碑文朝里立成四方形，留一个角做门，上面盖些树枝杂草，真是极好的狗窝。墓碑是我从一个荒坟地挖来的，那片坟地也是多年没人管，有些坟棺材半露在外面，死人的头骨随处可见。我至今记得墓碑上那四个人的名字。奇怪的是在离开黄沙梁的几年后，我竟遇到和那四块墓碑上的名字完全吻合的四个人，他们很快成了我的朋友。有一年，我带他们回到黄沙梁。那时我的一院房子因多年无人住已显得破败，院墙有几处已经倒塌，门锁也锈得塞不进钥匙，我费了很大劲才弄开它。

当我掀开狗窝顶盖，看见我的狗老死在窝里，剩下一堆白骨。它至死未离开这个窝，这座院子。它也活了一辈子。现在发生在这堆白骨周围的一切是不是它的回忆呢。在一堆白骨的回忆中我流浪回来，带了四个朋友，一个高个的，三个矮个的。下午的阳光照着这个破院子，往事中的人回忆着另一桩往事，五个人就这样存在了一个下午。这段存在中我干了件影响深远的事——我掀开狗窝,让四个朋友看多年前刻在墓碑上的他们的名字和生卒日期,四个朋友惊愕了。那个下午的阳光一下从他们脸部的表情中走失。后来他们背着各自的墓碑回去了。

他们说:留个纪念。

我说:有用尽管拿去吧,朋友嘛。

那个时候我有自己的村子,自己的土地和房子,我没有守好它们,现在都成了别人的。

听到狗吠时我已经快走出墓地,这个村子会不会留我过夜呢,我在心里想,我只是睡一觉就走,既不跟村里的女人睡,也不在他们干干净净的炕上睡,只要一捆草,摊开在哪个墙根,再找半截土块头底下一枕,这么简单的要求他们不会拒绝吧。万一他们不信任我呢,怕我半夜牵走了他们的牛,带走他们的女人,背走他们的粮食。一个陌生人睡在村里,往往会让一村人睡不安宁。

我曾在半夜走进一个村庄,月光明朗地照着那片房子和树,就像梦中的白天一样。我先走过一片收割得干干净净的田野,接着看到路旁一垛一垛的草。我想这个村庄把所有的活儿都干完了,播种和收获都已经结束,我啥也没赶上。即使赶上也插不上手,他们不会把自己都不够干的那点活儿让给我一份。宁肯倒给几块钱也绝不让我插手他们的事情。

村庄安静得要命,我悄悄地走在村中的土路上。月光下每家每户的门口都堆满金灿灿的谷物。院门敞开着。拴在树下的牛也睡着了，打着和人一样的鼾声。这时候，假若走进村里的不是我，而是一个贼，他会套上牛车，把村里所有的收成偷光，村里人也不会觉醒的。人一睡着，村庄就不是他的了，身旁的女人、孩子也不属于自己了。我蹑手蹑脚走进一户人家的院子，院子里几乎堆满了粮食，只留出一条走人的小道儿。我想找个地方睡一觉，却一点没睡意。这户人家有五六间房子，我推开一扇虚掩的门：是伙房。饭桌上放着半盘剩菜，还有一个被啃过一口的馍馍。我正好饿了，就坐下来吃光了这些食物。但没吃饱。我揭开锅盖，里面是半锅水和几个脏碗。出了伙房我又推另一个门，没有推动，好像从里面顶住了。门旁是一个很大的敞开的窗户，我探头进去，借着月光看见头朝外睡着的一炕人，右边是男人，紧挨着是女人和几个孩子，一个比一个睡得香甜。我真想翻窗户进去，脱掉衣服在这个大炕上睡一觉，随便睡在那个男人身旁，或者躺在那个女人身边，有一块被角儿盖着就满足了。第二天早晨我同他们一块儿醒来，一块儿吃早饭，他们不会惊讶这个在夜里多出来的人，我也不会在意夜间被女人搂错，浑身上下地抚摸。我没这样做，我还是照原路悄悄退出村子，在一堆稻草上躺了会儿，天没亮便远远地离开了。至今我仍不知道那个村庄的名字。在我心中，那个村庄永远在纯纯洁洁的月光下甜睡着，它是我心中的故乡。

一条狗一叫，全村的狗都围了上来，它们或许多少年没见过生人，这下过过嘴瘾。这种场面我见多了，只要装个没看见没听见，尽管走你的路，保管没一条狗敢上来咬你。

随着狗叫，那些面目淡漠的村人一个一个地出现在门口，这种表情我也见多了。我想：他们不留我，我就返回去，在那片墓地上过夜。枕着坟头睡也很舒服。你们不留我，你们的先人会留我。

我晚到了一会儿，他们的一生就完了，埋在路旁的这些人——男人、女人、孩子，他们比活在村里的这些人更好呢，还是更冷漠。反正，前定在一生中的活儿他们干完了，话说完了，爱完了，恨也完了。现在他们成了永远的旁观者。日日夜夜以坟头眺望屋顶，用墓碑对视炊烟，村里人干了再好再坏的事他们也不插言，不鼓掌踩脚……这群死寂的不再吭声的观众，这么快被遗忘了。

我拿着七八个人的名字，悄无声息地站在夜色中。我不认识你们，但我知道这个村庄曾经是你们的，你们留下耕种多年的土地、腾出装修一新的房子、留下置办不久的农具，留下所有财产……你们走了。现在没一个人认得你们，他们没动任何干戈便占有了一切。他们是后人，哭喊着送走你们，把所有悲痛送给你们带走。留下财富和欢乐，他们享用。

这已是别人的村庄。

有一天你们从冥冥天路上回来，家园还能不能接受你们，他们会腾出房子让你们住进去吗。会让出地、农具和道路吗。

他们会承认自己一直借住在别人的村庄里吗。

我黑黑地站了一会儿，又黑黑地走出村子。再没人理我，说话声也听不见了。这个夜晚肯定有许多人睡不着。但都会不声不响地睡着。都要想办法熬到天亮。天一亮，许多事情便亮堂了。

一种寂静触动着我，猛一抬头，我看见村庄四周的田野上黑压压地站满了人，那些熟悉又陌生、亲切又如隔世的——先人。他们个个面色苍白、筋疲力尽。他们等着进村，他们的地和宅院全被人占了。他们乞丐一样静悄悄地恭候在村外，一个夜晚又一个夜晚地等候着。

他们不打扰村里人。

我也不打扰他们了。趁一点星光照着我，我早早走开，我想天亮的时候，没准我会走进另一个村子。

寒风吹彻

雪落在那些年雪落过的地方,我已经不注意它们了。比落雪更重要的事情开始降临到生活中。三十岁的我,似乎对这个冬天的来临漠不关心,却又一直在倾听落雪的声音,期待着又一场雪悄无声息地覆盖村庄田野。

我静坐在屋子里,火炉上烤着几片馍馍,一小碟咸菜放在炉旁的木凳上,屋里光线暗淡。许久以后我还记起我在这样的一个雪天,围抱火炉,吃咸菜啃馍馍想着一些人和事情,想得深远而入神。柴火在炉中啪啪地燃烧着,炉火通红,我的手和脸都烤得发烫了,脊背却依旧凉飕飕的。寒风正从我看不见的一道门缝吹进来。冬天又一次来到村里,来到我的家。我把怕冻的东西一一搬进屋子,糊好窗户,挂上去年冬天的棉门帘,寒风还是进来了。它比我更熟悉墙上的每一道细微裂缝。

就在前一天,我似乎已经预感到大雪来临。我劈好足够烧半个月的柴火,整齐地码在窗台下。把院子扫得干干净净,无意中像在迎接一位久违的贵宾——把生活中的一些事情扫到一边,腾出干净的一片地方来让雪落下。下午我还走出村子,到田野里转了一圈。我没顾上割回来的一地葵花秆,将在大雪中站一个冬天。每年下雪之前,都会发现有一两件事顾不上干完而被搁一个冬天。冬天,有多少人放下一年的事情,像我一样用自己那只冰手,从头到尾地抚摸自己的一生。

屋子里更暗了,我看不见雪。但我知道雪在落,漫天地落。落在房顶和柴垛上,落在扫干净的院子里,落在远远近近的路上。我要等雪落定了再出去。我再不像以往,每逢第一场雪,都会怀着莫名的兴奋,站在屋檐下观看好一阵,或光着头钻进大雪中,好像有意要让雪知道世上有我这样一个人,却不知道寒冷早已盯住了自己活蹦乱跳的年轻生命。

经过许多个冬天之后,我才渐渐明白自己再躲不过雪,无论我蜷缩在屋子里,还是远在冬天的另一个地方,纷纷扬扬的雪,都会落在我正经历的一段岁月里。当一个人的岁月像荒野一样敞开时,他便再无法照管好自己。

就像现在,我紧围着火炉,努力想烤热自己。我的一根骨头,却露在屋外的寒风中,隐隐作痛。那是我多年前冻坏的一根骨头,我再不能像捡一根牛骨头一样,把它捡回到火炉旁烤热。它永远地冻坏在那段天亮前的雪路上了。

那个冬天我十四岁,赶着牛车去沙漠里拉柴火。那时一村人都靠长在沙漠里的梭梭柴取暖过冬。因为不断砍挖,有柴火的地方越来越远,往往要用一天半夜时间才能拉回一车柴火。每次去拉柴火,都是母亲半夜起来做好饭,装好水和馍馍,然后叫醒我。有时父亲也会起来帮我套好车。我对寒冷的认识是从那些夜晚开始的。

牛车一走出村子,寒冷便从四面八方拥围而来,把我从家里带出的那点温暖搜刮得一干二净,浑身上下只剩下寒冷。

那个夜晚并不比其他夜晚更冷。

只是我一个人赶着牛车进沙漠。以往牛车一出村,就会听到远远近近的雪路上其他牛车的走动声,赶车人隐约的吆喝声。只要紧赶一阵路,便会追上一辆或好几辆去拉柴的牛车,一长串,缓行在铅灰色的冬夜里。那种夜晚天再冷也不觉得。因为寒风在吹好几个人,同村的、邻村的、认识和不认识的好几架牛车在这条夜路上抵挡着寒冷。

而这次,一野的寒风吹着我一个人。似乎寒冷把其他一切都收拾掉了,现在全部地对付我。

我掖紧羊皮大衣,一动不动趴在牛车里,不敢大声吆喝牛,免得让更多的寒冷发现我。从那个夜晚我懂得了隐藏温暖——在凛冽的寒风中,身体中那点温暖正一步步退守到一个隐秘的连我自己都难以找到的深远处——我把这点隐深的温暖节俭地用于此后多年的爱情和生活。我的亲人们说我是个很冷的人,不是的,我把仅有的温暖全给了你们。

许多年后有一股寒风,从我自以为火热温暖的从未被寒冷浸入的内心深处阵阵袭来时,我才发现穿再厚的棉衣也没用了。生命本身有一个冬天，它已经来临。

天亮后，牛车终于到达有柴火的地方。我的一条腿却被冻僵了，失去了感觉。我试探着用另一条腿跳下车，拄着一根柴火棒活动了一阵，又点了一堆火烤了一会儿，勉强可以行走了，腿上的一块骨头却生疼起来，是我从未体验过的一种疼，像一根根针刺在骨头上又狠命往骨髓里钻——这种疼感一直延续到以后所有的冬天以及夏季里阴冷的日子。

太阳落地时，我装着半车柴火回到家里，父亲一见就问我：怎么拉了这点柴，不够两天烧的。我没吭声。也没向家里说腿冻坏的事。

我想很快会暖和过来。

那个冬天要是稍短些，家里的火炉要是稍旺些，我要是稍把这条腿当回事，或许我能暖和过来。可是现在不行了。隔着多少个季节，今夜的我，围抱火炉，再也暖不热那个遥远冬天的我，那个在上学路上不慎掉进冰窟窿，浑身是冰往回跑的我，那个跺着冻僵的双脚，捂着耳朵在一扇门外焦急等待的我……我再不能把他们唤回到这个温暖的火炉旁。我准备了许多柴火，是准备给这个冬天的。我才三十岁，肯定能走过冬天。

但在我周围，肯定有个别人不能像我一样度过冬天。他们被留住了。冬天总是一年一年地弄冷一个人，先是一条腿、一块骨头、一副表情、一种心境……而后整个人生。

我曾在一个寒冷的早晨，把一个浑身结满冰霜的路人让进屋子，给他倒了一杯热茶。那是个上了年纪的人，身上带着许多个冬天的寒冷,当他坐在我的火炉旁时,炉火须臾间变得苍白。我没有问他的名字,在火炉的另一边,我感觉到迎面逼来的一个老人的透骨寒气。

他一句话不说。我想他的话肯定全冻硬了,得过一阵才能化开。

大约坐了半个时辰,他站起来,朝我点了一下头,开门走了。我以为他暖和过来了。

第二天下午,听人说村西边冻死了一个人。我跑过去,看见这个上了年纪的人躺在路边,半边脸埋在雪中。

我第一次看到一个人被冻死。

我不敢相信他已经死了。他的生命中肯定还深藏着一点温暖,只是我们看不见。一个人最后的微弱挣扎我们看不见,呼唤和呻吟我们听不见。

我们认为他死了,彻底地冻僵了。

他的身上怎么能留住一点点温暖呢,靠什么去留住?他的烂了几个洞、棉花露在外面的旧棉衣?底快磨通、一边帮已经脱落的那双鞋?还有,他多少个冬天积累起来的彻骨寒冷。

落在一个人一生中的雪,我们不能全部看见。每个人都在自己的生命中,孤独地过冬。我们帮不了谁。我的一小炉火,对这个贫寒一生的人来说,显然微不足道。他的寒冷太巨大。

我有一个姑妈,住在河那边的村庄里,许多年前的那些个冬天，我们兄弟几个常走过封冻的玛河去看望她。每次临别前，姑妈总要说一句：天热了让你妈过来喧喧。

姑妈年老多病，她总担心自己过不了冬天。天一冷她便足不出户，偎在一间矮土屋里，抱着火炉，等待春天来临。

一个人老的时候，是那么渴望春天来临。尽管春天来了她没有一片要抽芽的叶子，没有半瓣要开放的花朵。春天只是来到大地上，来到别人的生命中。但她还是渴望春天，她害怕寒冷。

我一直没有忘记姑妈的这句话，也不止一次地把它转告给母亲。母亲只是望望我，又忙着做她的活儿。母亲不是一个人在过冬，她有五六个没长大的孩子，她要拉扯着他们度过冬天，不让一个孩子受冷。她和姑妈一样期盼着春天。

……天热了，母亲会带着我们，蹚过河，到对岸的村子里看望姑妈。姑妈也会走出蜗居一冬的土屋，在院子里晒着暖暖的太阳和我们说说笑笑……多少年过去了，我们一直没有等到这个春天。好像姑妈那句话中的"天"一直没有热。

姑妈死在几年后的一个冬天。我回家过年，记得是大年初四，我陪着母亲沿一条即将解冻的马路往回走。母亲在那段路上告诉我姑妈去世的事。她说："你姑妈死掉了。"

母亲说得那么平淡，像在说一件跟死亡无关的事情。

"怎么死的？"我似乎问得更平淡。

母亲没有直接回答我。她只是说："你大哥和你弟弟过去帮助料理了后事。"

此后的好一阵，我们再没说话，只顾静静地走路。快到家门口时,母亲说了句:"天热了。"

我抬头看了看母亲,她的身上散着热气,或许是走路的缘故,不过天气真的转热了。对母亲来说,这个冬天已经过去了。

"天热了过来喧喧。"我又想起姑妈的这句话。这个春天再不属于姑妈了。她熬过了许多个冬天还是被这个冬天留住了。我想起奶奶也是死在多年前的冬天。母亲还活着。我们在世上的亲人会越来越少。我告诉自己,不管天冷天热,我都常过来和母亲坐坐。

母亲拉扯大她的七个儿女。她老了。我们长高长大的七个儿女,或许能为母亲挡住一丝的寒冷。每当儿女们回到家里,母亲都会特别高兴,家里也顿添热闹的气氛。

但母亲斑白的双鬓分明让我感到她一个人的冬天已经来临,那些雪开始不退、冰霜开始不融化——无论春天来了,还是儿女们的孝心和温暖备至。

随着三十年的人生距离,我感受着母亲独自在冬天的透心寒冷。我无能为力。

雪越下越大。天彻底黑透了。

我围抱着火炉,烤热漫长一生的一个时刻。我知道这一时刻之外,我其余的岁月,我的亲人们的岁月,远在屋外的大雪中,被寒风吹彻。

捉迷藏

我从什么时候离开了他们——那群比我大好几岁的孩子，开始一个人玩。好像有一只手把我从他们中间强拉了出来，从此再没有回去。

夜里我躺在草垛上，听他们远远近近的喊叫。我能听出那是谁的声音。他们一会儿安静，一会儿一阵吵闹，惹得村里的狗和驴也鸣叫起来。村子四周是黑寂寂的荒野和沙漠。他们无忌的喊叫使黑暗中走向村子的一些东西远远停住。我不知道那是些什么东西，是一匹狼、一群乘夜迁徙的野驴、一窝老鼠？或许都不是。但它们停住了。另一些东西闻声潜入村子，悄无声息地融进墙影尘土里，成为村子的一部分。

那时大人们已经睡着。睡不着的也静静躺着。大人们很少在夜里胡喊乱叫，天一黑就叫孩子回来睡觉。"把驴都吵醒了。驴睡不好觉，明天咋拉车干活儿。"他们不知道孩子们在黑夜中的吵闹对这个村子有啥用处。

我那时也不知道。

许多年后的一个长夜,我躺在黑暗中,四周没有狗叫驴鸣,没一丝人声,无边的黑暗压着我一个人,我不敢出声。呼吸也变成黑暗的,仿佛天再不会亮。我睁大眼睛,无望地看着自己将被窒息。这时候,一群孩子的喊叫声远远响起,越来越近,越来越近。

他们在玩捉迷藏游戏。还是那一群孩子。有时从那堆玩泥巴的尕小子中加进来几个,试玩两次,不行,原回去玩你的尿泥。捉迷藏可不是谁都能玩的。得机灵。"藏好了吗?""藏好了。"喊一声就能诈出几个傻小子。天黑透了还要能自己摸回家去。有时也会离开几个,走进大人堆里再不回来。

夜夜都有孩子玩,夜夜玩到很晚。有的玩着玩着一歪身睡着,没人叫便在星光月影里躺一夜。有时会被夜里找食吃的猪拱醒,迷迷糊糊起来,一头撞进别人家房子。贼在后半夜才敢进村偷东西。野兔在天亮前那一阵子才小心翼翼钻进庄稼地,咬几片青菜叶,留一堆粪蛋子。也有孩子玩累了不想回家,随便钻进草垛柴堆里睡着。有人半夜出来解手,一蹲身,看见墙根阴影里躺着做梦的人,满嘴胡话。夜再深,狗都会出来迎候撒尿的主人,狗见主人尿,也一撇腿,撒一股子。至少有两个大人睡在外面。一个看麦场的李老二,一个河湾里看瓜的韩老大。孩子们的吵闹停息后两个大人就会醒来。一个坐在瓜棚,一个躺在粮堆上。都带着狗。听见动静人大喝一声,狗狂叫两声。都不去追。他们的任务只是看住东西。整个村子就这两样东西由人看着。孩子们一散,许多东西扔在夜里。土墙一夜一夜立在阴影里,风飕飕地从它身上刮走一粒一粒土。草垛在棚顶上暗暗地下折了一截子。躺在地上的一根木头,一面黑一面白,像被月光剖开,安排了一次生和死的见面。立在墙边的一把锨,搭在树上的一根绳子,穿过村子黑黑地走掉的那条路。过去许多年后,我会知道这个村子丢失了什么。那些永远吵闹的夜晚。有一个夜晚,他们再找不见我了。

"粪堆后面找了吗。看看马槽下面。"

"快出来吧。我已经看到了,再不出来扔土块了。"

谁都藏不了多久。我们知道每一处藏人的地方。知道哪些人爱往哪几个地方藏。玩了好多年,玩过好几茬人,那些藏法和藏人的地方都已不是秘密。

早先孩子们爱往树上藏,一棵一棵的大榆树蹲在村里村外,枝叶稠密。一棵大树上能藏住几十个孩子,树窟里也能藏人。树上是鸟的家,人一上去鸟便叽叽喳喳叫,很快就暴露了。草丛也藏不住人,一蹲进去虫便不叫了。夜晚的田野虫声连片,各种各样的虫鸣交织在一起。"有一丈厚的虫声。"虫子多的年成父亲说这句话。"虫声薄得像一张纸。"虫子少的时候父亲又这样说。父亲能从连片的虫声中听出田野上有多少种虫子,哪种虫多了哪种少了。哪种虫一只不留地离开这片土地远远走了,再不回来。

我从没请教过父亲是咋听出来的。我跟着他在夜晚的田野上走了许多次后,我就自己知道了。

最简单的是在草丛里找人。静静蹲在地边上,听哪片地里虫声哑了,里面肯定藏着人。

往下蹲时要闭住气,不能带起风,让空气都觉察不出你在往下蹲。你听的时候其他东西也在倾听。这片田野上有无数双耳朵在倾听。一个突然的大声响会牵动所有的耳朵。一种东西悄然间声息全无也会引来众多的惊恐和关注。当一种东西悄无声息时,它不是死了便是进入了倾听。它想听见什么?它的目标是谁?那时所有的倾听者会更加小心寂静,不传出一点声息。

听的时候耳朵和身体要尽量靠近地,但不能贴在地上。一样要闭住气。一出气别的东西就能感觉到你。吸气声又会影响自己。只有静得让其他东西听不到你的一丝声息,你才能清晰地听到他们。

我不知道父亲是不是用这种方式倾听,他很少教给我绝活儿。也许在他看来那两下子根本不叫本事,看一眼谁都会了。

那天黄昏我们家少了一只羊,我和父亲去河湾里找。天还有点亮,空气中满是尘烟霞气,又黄又红,吸进去感觉稠稠的,能把人喝饱似的。

河湾里草长得比我高。父亲只露出一个头顶。我跳个蹦子才能探出草丛。

爬到树上看看去。父亲说。我们走了十几分钟,来到那棵大榆树下面。

看看哪一片草动。父亲在树下喊。

一河湾草都在动。我说。

那就下来吧。

父亲坐在树下抽起了烟,我站在他旁边。

没一丝风草咋好像都在动。我说。

草让人和牲口打搅了一天,还没有消停下来。父亲说。

我知道父亲要等天黑,等晚归的人和牲口回到家,等田野消停下来。那时,细细密密的虫声就会像水一样从地里渗出来,越漫越厚、越漫越深。

韩老二一回来,地里就没人了。他总是最后收工。今天他还背了捆柴火,也许是一捆青草。背在右肩膀上。你听他走路右脚重左脚轻。

父亲没有开口,我听见他心里说这些话。

那时候我只感觉到大地上声音很乱、很慌忙也很疲惫。最后一缕夕阳从地面抽走的声音,像一根落地的绳子,软弱无力。不像大清早,不论鸡叫驴鸣、人畜走动、苍蝇拍翅、蚂蚱蹬腿,都显得非常有劲儿。我那时已能听见地上天空的许多声音,只是不能仔细分辨它们。

天已经全黑了。天边远远地扔着几颗星星,像一些碎银子。我们离开那棵榆树走了十几分钟。每一脚都踩灭半分地的虫声。我回过头,看见那棵大榆树黑黑地站在夜幕里,那根横杈像一只手臂端指着村子。它的每片叶子都在听,每个根条都在听。它全听见了,全知道了。看,就是那户人家。它指给谁看。我突然害怕起来。紧走了几步。

这个横杈一直指着我们家房子。刚才在树上时,我险些告诉了父亲。话都想出来了,不知为什么,竟没发出声。

父亲在前面停下来,然后慢慢往下蹲。我离他两三米处,停住脚,也慢慢蹲下去。很快,踩灭的虫声在我们身边响起来,水一样淹没到头顶。约莫过了五分钟,父亲站起来,我跟着站起来。

在那边,西北角上。父亲抬手指了一下。

我突然想起那棵大榆树,又回头望了一眼。

东边草滩上也有个东西在动。我说。

那是一头牛。你没听见出气声又粗又重。

父亲瞪了我一眼。我想让他们听见我的声音。我渴望他们发现我。一开始我藏得非常静,听见他们四处跑动。

"方头,出来,看见你了。"

"韩四娃也找见了,我看见冯宝子朝那边跑了,肯定藏在马号里。就剩下刘二了。"

他们说话走动的声音渐渐远去,偏移向村东头。我故意弄出些响声,还钻出来跳了几个蹦子,想引他们过来。可是没用,他们离得太远了。

"柴垛后面找。"

"房顶上。"

"菜窖里看一下。"

他们的叫喊声隐隐约约,我原藏进那丛干草中,掩好自己,心想他们在村东边找不到就会跑回来找。

我很少被他们轻易找到过,我会藏得不出声息。我会把心跳声用手捂住。我能将偶不小心弄出的一点响声捉回来,捏死在手心。

七八个,找另外的七八个。最多的时候有二三十个孩子,黑压压一群。我能辨出他们每个人的身影,当月亮在头顶时他们站在自己的阴影里,额头鼻尖上的月光偶尔一晃。我能听出每个人的脚步声,有多少双脚就有多少种不同的落地声。我能听见他们黑暗中回头时脖颈转动的声音。当月亮东斜,他们每个人的影子都有几百米长,那时我站得远远的,看看地上的影子就能认出这是谁的头那是谁的身子。他们迎着月光走动时影子仰面朝天躺在地上,鼻子嘴朝上,蹲下身去会看见影子的头部有一些湿气般的东西轻轻飘浮,模模糊糊的,那是说出的话的影子。人说出的话也有影子,稍安静些我就能辨出那些话影的内容。

我弓着腰跟在他们后面。有时我不出声地混在他们中间,看他们四处找我。

"就差刘二一个没找见。看看后面。往草上踏。"

一次我就躺在路上的车辙里,身上扔了一把草,他们来来回回几次都没看到。

"谁把草掉在路上了。"一个过来踢了一脚。

"走吧,到牛圈里找去。"另一个喊。

一只脚贴着我的耳朵边踩过去。是张四的脚,他走路时总是脚后跟先落地。

"刚才我就觉得奇怪,白天没人拉草,路上怎么会掉下草。"

"悄悄别吭声,过去直接往草上踏。踏死鬼刘二。"

他们返回来时我已经跟在后面。我走路不出一点声,感觉心里有一双翅膀无声地扇动,脚踩下时,心在往上飞升,远远地离开地。我藏在他们找过的地方。藏在他们的背影里。一回头,我就消失。我知道人的左眼和右眼中间有一个盲区,刚好藏住一个孩子的侧影,尤其夜里它能藏住更多东西。

有一次,我双腿钩住一根晾衣绳倒挂在半空里。绳上原来搭着一条大人裤子。

"藏好了没有?开始找了。"

他们叫喊着走出院子。我从另一个豁口进来,扯下绳上的裤子,把自己搭上去。

过了好一阵他们回来了,先是说话声,接着一群倒竖着的人影晃进院子。夜色灰蒙蒙的,像起了雾。有个人举手抓住绳子坠了几下,我在上面摆动起来,黑黑的,一下一下,眼看碰上一个人的后背,又荡回来。

夜又黑了一些,他们站在院子里,好一阵一句话不说,像瞌睡了,都在打盹。又过了一阵有人开始往外走,其他人跟着往外走,院子里变空了,听见他们的脚步声在马路上散开,渐渐走远,像一朵花开败在夜里。这时下起了雨,雨点小小的。有一两滴落进鼻孔,直直滴到嗓子里。我还在不停地晃动,雨点细细地打在身上,像一群轻手轻脚的小蚊虫。我想一条忘记收回去的裤子,就是这样在黑夜里被雨慢慢淋湿。我觉得快要睡过去,一伸腿,从绳子上掉下来,爬起来打了把土,没意思地回家去了。

这次也一样没意思,我一直藏到后半夜,知道再没有人来找我,整个村子都没声音了。听到整个村子没声音时,我突然屏住气,觉得村子一下变成一个东西。它猛地停住,慢慢蹲下身去,耳朵贴近地面。它开始倾听,它听见了什么。什么东西在朝村子一点一点地移动,声音很小、很远,它移到村子跟前还要好多年,所以村子一点不惊。它只是倾听。也从不把它听见的告诉村里的人和牲畜,它知道自己什么时候起身离开。或许等那个声音到达时,我、我们,还有这个村子,早已经远远离开这地方,走得谁都找不见。不知村子是否真听到了这些。不管它在听什么我都不想让它听见我。它不吭声。我也不出声。村子静得好像不存在。我也不存在。只剩下大片荒野,它也没有声音。

不知这样相持了多久,村子憋不住了。一头驴叫起来,接着另一头驴、另外好几头驴叫起来,听上去村子就像张着好几只嘴大叫的驴。

我松了口气,心想再相持一会儿,先暴露的肯定是我。因为天快要亮了,我已经听见阳光唰唰地穿过遥远大地的树叶和尘土,直端端奔向这个村子。曙光一现,谁都会藏不住的。而最先藏不住的是我。我蹲在村东大渠边的一片枯草里,阳光肯定先照到我。

从那片藏身的枯草中站起的一瞬我觉得我已经长大,像个我叫不上名字的动物在一丛干草中寂寞地长大了,再没地方能藏住我。

我翻过渠沿,绕过王占元家的房子,像个大人似的迈着重重的步子,踏上村中间那条马路。村子不会听见我,它让自己的驴叫声吵蒙了。只有我知道我在往家走,而且,再不会回到那群捉迷藏的孩子中了。

树会记住
许多事

如果我们忘了在这地方生活了多少年，只要锯开一棵树，院墙角上或房后面那几棵都行，数数上面的圈就大致清楚了。

树会记住许多事。

其他东西也记事，却不可靠。譬如路，会丢掉人的脚印，会分叉，把人引向歧途。人本身又会遗忘许多人和事。当人真的遗忘了那些人和事，人能去问谁呢。

问风。

风从不记得那年秋天顺风走远的那个人。也不会在意它刮到天上飘远的一块红头巾，最后落到哪里。风在哪停住哪就会落下一堆东西。我们丢掉找不见的东西，大都让风挪移了位置。有些多年后被另一场相反的风刮回来，面目全非躺在墙根，像做了一场梦。有些在昏天暗地的大风中飘过村子，越走越远，再也回不到村里。

树从不胡乱走动。几十年、上百年前的那棵榆树,还在老地方站着。我们走了又回来。担心墙会倒塌、房顶被风掀翻卷走、人和牲畜四散迷失,我们把家安在大树底下,房前屋后栽许多树让它快快长大。

树是一场朝天刮的风。刮得慢极了。能看见那些枝叶挨挨挤挤向天上涌,都踏出了路,走出了各种声音。在人的一辈子里,能看见一场风刮到头,停住。像一辆奔跑的马车,甩掉轮子,车体散架,货物坠落一地,最后马扑倒在尘土里,伸长脖子喘几口粗气,然后死去。谁也看不见马车夫在哪里。

风刮到头是一场风的空。

树在天地间丢了东西。

哥,你到地下去找,我向天上找。

树的根和干朝相反方向走了,它们分手的地方坐着我们一家人。父亲背靠树干,母亲坐在小板凳上,儿女们蹲在地上或木头上。刚吃过饭。还要喝一碗水。水喝完还要再坐一阵。院门半开着,看见路上过来过去几个人、几头牛。也不知树根在地下找到什么。我们天天往树上看,似乎看见那些忙碌的枝枝叶叶没找见什么。

找到了它就会喊,把走远的树根喊回来。

父亲,你到土里去找,我们在地上找。

我们家要是一棵树，先父下葬时我就可以说这句话了。我们也会像一棵树一样，伸出所有的枝枝叶叶去找，伸到空中一把一把抓那些多得没人要的阳光和雨，捉那些闲得打盹的云，还有鸟叫和虫鸣，抓回来再一把一把扔掉。不是我要找的，不是的。

我们找到天空就喊你，父亲。找到一滴水一束阳光就叫你，父亲。我们要找什么。

多少年之后我才知道，我们真正要找的，再也找不回来的，是此时此刻的全部生活。它消失了，又正在被遗忘。

那根躺在墙根的干木头是否已将它昔年的繁枝茂叶全部遗忘。我走了，我会记起一生中更加细微的生活情景，我会找到早年落到地上没看见的一根针，记起早年贪玩没留意的半句话、一个眼神。当我回过头去，我对生存便有了更加细微的热爱与耐心。

如果我忘了些什么，匆忙中疏忽了曾经落在头顶的一滴雨、掠过耳畔的一缕风，院子里那棵老榆树就会提醒我。有一棵大榆树靠在背上（就像父亲那时靠着它一样），天地间还有哪些事情想不清楚呢。

我八岁那年，母亲随手挂在树枝上的一个筐，已经随树长得够不着。我十一岁那年秋天，父亲从地里捡回一捆麦子，放在地上怕鸡叼吃，就顺手夹在树杈上，这个树杈也已将那捆麦子举过房顶，举到了半空中。这期间我们似乎远离了生活，再没顾上拿下那个筐，取下那捆麦子。它一年一年缓缓升向天空的时候我们似乎从没看见。

现在那捆原本金黄的麦子已经发灰，麦穗早被鸟啄空。那个筐里或许盛着半筐干红辣皮、几个苞谷棒子，筐沿满是斑白鸟粪，估计里面早已空空的了。

我们竟然有过这样富裕漫长的年月，让一棵树举着沉甸甸的一捆麦子和半筐干红辣皮，一直举过房顶，举到半空喂鸟吃。

"我们早就富裕得把好东西往天上扔了。"

许多年后的一个早春。午后，树还没长出叶子。我们一家人坐在树下喝苞谷糊糊。白面在一个月前就吃完了。苞谷面也余下不多，下午饭只能喝点糊糊。喝完了碗还端着，要愣愣地坐好一会儿，似乎饭没吃完，还应该再吃点什么，却什么都没有了。一家人像在想着什么，又像啥都不想，脑子空空地呆坐着。

大哥仰着头，说了一句话。

我们全仰起头，这才看见夹在树杈上的一捆麦子和挂在树枝上的那个筐。

如果树也忘了那些事，它早早地变成了一根干木头。

"回来吧，别找了，啥都没有。"

树根在地下喊那些枝和叶子。它们听见了，就往回走。先是叶子，一年一年地往回赶，叶子全走光了，枝杈便枯站在那里，像一截没人走的路。枝杈也站不了多久。人不会让一棵死树长时间站在那里。它早站累了，把它放倒，可它已经躺不平，身躯弯扭得只适合立在空气中。我们怕它滚动，一头垫半截土块，中间也用土块堰住。等过段时间，消闲了再把树根挖出来，和躯干放在一起，如果它们有话要说，日子长着呢。一根木头随便往哪一扔就是几十年光景。这期间我们会看见木头张开许多口子，离近了能听见木头开口的声音。木头开一次口，说一句话。等到全身开满口子，木头就没话可说了。我们过去踢一脚，敲两下，声音空空的。根也好，干也罢，里面都没啥东西了。即便无话可说，也得面对面待着。一个榆木疙瘩，一截歪扭树干，除非修整院子时会动一动。也许还会绕过去。谁会管它呢。在它身下是厚厚的这个秋天、很多个秋天的叶子。在它旁边是我们一家人、牲畜。或许已经是另一户人。

老根底子

李家门前只有不成行的几棵白杨树,细细的,没几个枝叶,连麻雀都不愿落脚。尤其大一点的鸟,或许看都不会看他们家一眼,直端端飞过来,落到我们家树上。

像鹞鹰、喜鹊、猫头鹰这些大鸟,大都住在村外的野滩里,有时飞到村子上头转几圈,大叫几声,往哪棵树上落不往哪棵树上落,都是看人家的。它不会随便落到一棵树上,一般都选上了年纪的老榆树落脚。老榆树大都长在几个老户人家的院子里。邱老二家、张保福家、王多家和我们家树上,就经常落大鸟。李家树上从没有这种福气,连鸟都知道那几棵小树底下的人家是新来的,不可靠。

一户人家新到一个地方,谁都不清楚他会干出些啥事。老鼠都不太敢进新来人家的房子。蚂蚁得三年后才敢把家搬到新来人家的墙根,再过三年才敢把洞打进新来人家的房子。

鸟在天空把啥事都看得清楚，院子里的鸡、鸡窝、狗洞、屋檐下的燕子窠、檐上的鸽子。鸟会想，能让这么多动物和睦共居的家园，肯定也会让一只过路的鸟安安心心歇会儿脚。在大树顶上，大鸟看见很多年前另一只大鸟压弯的枝，另一只大鸟踩伤的一块树皮。一棵被大鸟踩弯树头的榆树，最后可能比任何一棵树都长得高大结实。

我们家是黄沙梁有数的几家老户之一，尽管我们来的时间不算长，但后父他们家在这里生活了好几辈人，老庄子住旧了又搬到新庄子。新庄子又快住旧了。在这片荒野上人们已经住旧了两个庄子，像穿破的两只鞋，一只扔在西边的沙沟梁，一只扔在更西边的河湾里。人们住旧一个庄子便往前移一两里，盖起一个新庄子。地大得很，谁都不愿在老地方再盖新房子。房子住破时，路也走坏了，井也喝枯了，地毁得坑坑洼洼，人也死了一大茬，总之，都可以扔掉了。往前走一两里，对一个村庄来说，看似迈了一小步，却耗尽了几百年。

有些东西却会留下来，一些留在人的记忆里，更多的留在木头、土块、车辙、筐子、麻袋及一截皮绳上。这些东西齐全地放在老户人家的院子里。新来的人家顶多有两把新锨，和一把别人扔掉的破锄头，锄刃上的豁口跟他没一点关系，锄背上的那个裂缝也不认识他。用旧一样东西得好几年的时间。尤其一个院子，它像扔一把旧锄头或一截破草绳一样，扔掉好几辈人，才能轮到人抛弃它。

老户人家都有许多扔不掉的老东西。

老户人家的柴垛底下压着几十年前的老柴火，或上百年前的一截歪榆木。全朽了，没用了。这叫柴垛底子。有了它新垛的柴火才不会潮，不会朽掉。

老户人家粮仓里能挖出上辈人吃剩的面和米。老户人家有几头老牲口，牙豁了，腿有点儿瘸，干活儿慢腾腾的，却再没人抽它鞭子。

老户人家羊圈底下都有几米厚的一层肥土。那是几十年上百年的羊粪尿浸泡出来的，挖出来比羊粪还值钱，却从不挖出来，肥肥地放着——除非万不得已。那就叫老根底子。

在黄沙梁我们接着后父家的茬往下生活，那是我们的老根底子。在东刮西刮的风和明明暗暗的日月中，我们看见他们上辈人留下的茬头，像一根断开长绳的一头找到了另一头。我们握住他们从黑暗中伸过来的手，接住他们从地底下喘上来的气，从满院子的旧东西中我们找到自己的新生活。他们握那把锨，使那架犁时的感觉又渐渐地、全部地回到我们手里。这些全新的旧日子让我们觉得生活几乎能够完整地、没有尽头地过下去。

木匠

　　一个人在夜里敲打东西,我睡不着。外面刮着清风,有一阵没一阵,好像大地在叹气。敲打声一下一下蹦到高空,又顺风滑落下来,很沉地撞着地。

　　冯三一躺倒就开始说梦话,还是昨晚上说过的内容,他在跟梦中的一个人对话。他说一句,那个人说一句。我听不见他梦中那个人说些什么,所以无法明白冯三说话的全部内容。有一阵冯三长时间不吭声,他说了半句话,突然停住。我侧起身耳朵贴近他的头,想听听梦中打断他说话的那个人正在说些什么。房子里亮堂堂的,那扇糊着报纸落满尘土的小窗户,还是把月光放了进来。

　　一连两个晚上,我一睡倒,便感到自己躺在一片荒野上。冯三做梦的身体远远地横着,仿佛多少年的野草稀稀拉拉地荒在我们之间。

梦离他的身体又有多远。

我也睡着，我的梦离冯三的梦又有多远。

曾经是我们一家人睡了多少年的这面土炕上，冯三一个人又躺了多年。他一觉一觉地延接下去的已经不是我们家的睡眠。但他夜夜梦见的，会不会全是我们以往的生活呢。

在那些生活将要全部地、无可挽救地变成睡梦的时候，我及时地赶了回来。

外面亮得像梦中的白天。风贴着地面刮，可以感到风吹过脚背，地上的落叶吹出一两拃远便停住。似乎风就这么一点点力气。

那个敲打声把我喊出了门，它在敲打一件我认识的东西。我必须出去看看。我十一岁那年，有个木匠想带我出去跟他学手艺。他给母亲许诺，要把所有木工手艺都传给我。母亲问我去不去。我没有主意，站着不吭声。

那个木匠在他叮叮咣咣的敲打声里，把我熟悉的木头棍棍棒棒变成了桌子、板凳和木箱。

我的影子黑黑地躺在地上，像一截烧焦的木头。其他东西的影子都淡淡的，似有似无，可能月光一夜一夜地，已经渗透那些墙和树木，把光亮照到它们的背阴处。我在这个地方少待了二十年。二十年前，这里的月光已经快要照透我了。我在别处长出的一些东西阻挡了它。

整个村子静静的，只有一个声音在响。我能听出来，是这个村子里的一件东西在敲打另一件东西。不像那个木匠,用他带来的一把外地斧头,砍我们村的木头,声音生剌生剌,像不认识的两条狗狠劲相咬,一点不留情。

许多年前的一个中午,一群孩子围在我们家院子里,看一个外地来的木匠打制家具。他的工具锁在一个油黑的木箱里,用一件取一件,不用的原装进去锁住。一件也不让人动。

那群孩子只有呆呆地看着他在木头上凿眼,把那些木棍棍锯成一截一截的摆放整齐。其中一个孩子想,要能用一下他的刨子,把这块木板刨平该多好呀。另一个想,能动动他的墨盒,在这根歪木头上打一根直直的黑线多好。

吃午饭时,那群孩子看着大人们给木匠单独做的白面馍馍,炒的肉菜。

长大了我也要当木匠。一个孩子说。

我也背个木箱四处去给人家做家具。另一个孩子说。

赶我们长大不知还有没有木头了。另一个孩子想。

我记不清自己为什么没有跟那个木匠去学艺,而是背着书包去了学堂。

那个木匠临走前在门外等了好长一阵。母亲把我拉进屋里。忘了是劝我去还是劝我不去。出来时,那个木匠刚刚离去。他踩起的一溜土还没落下来。

那群孩子中的一个，后来果真当了木匠。现在他就在我面前敲打着一样家具，身旁乱七八糟堆着些木料。一盏灯高挂在草棚顶上。我站在院墙外的黑暗处，想不起这个人的名字。但他肯定是那群孩子中的一个，过去多少年后，一个村庄里肯定有一大批人把孩提时候的梦想忘得一干二净。肯定还会有一个人默无声息地留下来，那一代人最初的生存愿望，被他一个人实现了。尽管这种愿望早已经过时。

我没去打扰他。

他抡一把斧子，干得卖力又专心。不知他能不能听到他的敲打声。整个村子在这个声音里睡着了。我猜想他已经叮叮当当地敲打了多少年。他的敲打声和狗吠鸡鸣一样已经成为村子的一部分。他砍这根木头时，村子里其他木头在听。他敲那个铆时，他早年敲紧现已松懈的一个铆在某个人家的屋角里微微颤动。

我从来没把哪件活儿干到他这种程度。面对这个年纪与我相仿的人，我只能在一旁悄悄站着，像一根没用的干木头。

今生今世的
证据

　　我走的时候，我还不懂得怜惜曾经拥有的事物，我们随便把一堵院墙推倒，砍掉那些树，拆毁圈棚和炉灶，我们想它没用处了。我们搬去的地方会有许多新东西。一切都会再有的，随着日子一天天好转。

　　我走的时候还不知道向那些熟悉的东西去告别，不知道回过头说一句：草，你要一年年地长下去啊。土墙，你站稳了，千万不能倒啊。房子，你能撑到哪一年就强撑到哪一年，万一你塌了，可千万把破墙圈留下，把朝南的门洞和窗口留下，把墙角的烟道和锅头留下，把破瓦片留下，最好留下一小块泥皮，即使墙皮全脱落光，也在不经意的、风雨冲刷不到的那个墙角上，留下巴掌大的一小块吧，留下泥皮上的烟垢和灰，留下划痕、朽在墙中的木橛和铁钉，这些都是我今生今世的证据啊。

我走的时候，我还不知道曾经的生活，有一天会需要证明。

有一天会再没有人能够相信过去。我也会对以往的一切产生怀疑。那是我曾有过的生活吗？我真看见过地深处的大风？更黑，更猛，朝着相反的方向，刮动万物的骨骸和根须。我真听见过一只大鸟在夜晚的叫声？整个村子静静的，只有那只鸟在叫。我真的沿那条黑寂的村巷仓皇奔逃？背后是紧追不舍的瘸腿男人，他的那条好腿一下一下地捣着地。我真的有过一棵自己的大榆树？真的有一根拴牛的榆木桩，它的横杈直端端指着我们家院门，找到它我便找到了回家的路。还有，我真沐浴过那样恒久明亮的月光？它一夜一夜地已经照透墙、树木和道路，把银白的月辉渗浸到事物的背面。在那时候，那些东西不转身便正面背面都领受到月光，我不回头就看见了以往。

现在，谁还能说出一棵草、一根木头的全部真实。谁会看见一场一场的风吹旧墙、刮破院门，穿过一个人慢慢松开的骨缝，把所有所有的风声留在他的一生中。

这一切，难道不是一场一场的梦。如果没有那些旧房子和路，没有扬起又落下的尘土，没有与我一同长大仍旧活在村里的人、牲畜，没有还在吹刮着的那一场一场的风，谁会证实以往的生活——即使有它们，一个人内心的生存谁又能见证。

我回到曾经是我的现在已成别人的村庄。只几十年工夫，它变成另一个样子。尽管我早知道它会变成这样——许多年前他们往这些墙上抹泥巴、刷白灰时，我便知道这些白灰和泥皮迟早会脱落得一干二净。他们打那些土墙时我便清楚这些墙最终会回到土里——他们挖墙边的土，一截一截往上打墙，还喊着打夯的号子，让远远近近的人都知道这个地方在打墙盖房子了。墙打好后每堵墙边都留下一个坑，墙打得越高坑便越大越深。他们也不填它，顶多在坑里栽几棵树，那些坑便一直在墙边等着，一年又一年，那时我就知道一个土坑漫长等待的是什么。

但我却不知道这一切面目全非、行将消失时，一只早年间日日以清脆嘹亮的鸣叫唤醒人们的大红公鸡、一条老死窝中的黑狗、每个午后都照在（已经消失的）门框上的那一缕夕阳……是否也与一粒土一样归于沉寂。还有，在它们中间悄无声息度过童年、少年、青年时光的我，他的快乐、孤独、无人感知的惊恐与激动……对于今天的生活，它们是否变得毫无意义。

当家园废失，我知道所有回家的脚步都已踏踏实实地迈上了虚无之途。

先父

一

我比年少时更需要一个父亲,他住在我隔壁,夜里我听他打呼噜,费劲地喘气。看他弓腰推门进来,一脸皱纹,眼皮耷拉,张开剩下两颗牙齿的嘴,对我说一句话。我们在一张餐桌上吃饭,他坐上席,我在他旁边,看着他颤巍巍伸出一只青筋暴露的手,已经抓不住什么,又抖抖地勉力去抓住。听他咳嗽,大口喘气——这就是数年之后的我自己。一个父亲,把全部的老年展示给儿子。一如我把整个童年、青年带回到他眼前。

在一个家里,儿子守着父亲老去,就像父亲看着儿子长大成人。这个过程中儿子慢慢懂得老是怎么回事。父亲在前面蹚路。父亲离开后儿子会知道自己四十岁时该做什么,五十岁、六十岁时要考虑什么。到了七八十岁，该放下什么，去着手操劳什么。

可是，我没有这样一个老父亲。

我活得比你还老时，身心的一部分仍旧是一个孩子。我叫你爹，叫你父亲，你再不答应。我叫你爹的那部分永远地长不大了。

多少年后，我活到你死亡的年龄：三十七岁。我想，我能过去这一年，就比你都老了。作为一个女儿的父亲，我会活得更老。那时想起年纪轻轻就离去的你，就像怀想一个早夭的儿子。你给我童年，我自己走向青年、中年。

我的女儿只看见过你的坟墓。我清明带着她上坟，让她跪在你的墓前磕头，叫你爷爷。你这个没福气的人，没有活到她张口叫你爷爷的年龄。如果你能够，在那个几乎活不下去的年月，想到多少年后，会有一个孙女伏在耳边轻声叫你爷爷，亲你胡子拉碴的脸，或许你会为此活下去。但你没有。

二

留下五个儿女的父亲，在五条回家的路上。一到夜晚，村庄的五个方向有你的脚步声。狗都不认识你了。五个儿女分别出去开门，看见不同的月色星空。他们早已忘记模样的父亲，一脸漆黑，站在夜色中。

多年来儿女们记住的，是五个不同的父亲。或许根本没有一个父亲。所有对你的记忆都是空的。我们好像从来就没有过你。只是觉得跟别人一样应该有一个父亲，尽管是一个死去的父亲。每年清明我们上坟去看你，给你烧纸、烧烟和酒。边烧边在坟头吃喝说笑。喝剩下的酒埋在你的头顶。临走了再跪在墓碑前叫一声父亲。

我们真的有过一个父亲吗？

当谈起你时，我们几乎没有一点共同的记忆。我不知道六岁便失去你的弟弟记住的那个父亲是谁。当时还在母亲怀中哇哇大哭的妹妹记住的，又是怎样一个父亲。母亲记忆中的那个丈夫跟我们又有什么关系。你死的那年我八岁，大哥十一岁，最小的妹妹才八个月。我的记忆中没有一点你的影子。我对你的所有记忆是我构想的。我自己创造了一个父亲，通过母亲、认识你的那些人。也通过我自己。

如果生命是一滴水，那我一定流经了上游，经过我的所有祖先，爷爷奶奶、父亲母亲，就像我迷茫中经过的无数个黑夜。我浑然不觉的黑夜。我睁开眼睛。只是我不知道我来到世上那几年里，我看见了什么。我的童年被我丢掉了，包括那个我叫父亲的人。

我真的早已忘了，这个把我带到世上的人。我记不起他的样子，忘了他怎样在我记忆模糊的幼年，教我说话，逗我玩，让我骑在他的脖子上，在院子里走。我忘了他的个头，想不起家里仅存的一张照片上，那个面容清瘦的男人曾经跟我有过什么关系。他把我拉扯到八岁，他走了。可我八岁之前的记忆全是黑夜,我看不清他。

我需要一个父亲,在我成年之后,把我最初的那段人生讲给我。就像你需要一个儿子,当你死后,我还在世间传播你的种子。你把我的童年全带走了,连一点影子都没留下。

我只知道有过一个父亲。在我前头,隐约走过这样一个人。

我的有一脚踩在他的脚印上,隔着厚厚的尘土。我的有一声追上他的声。我吸的有一口气,是他呼出的。

你死后我所有的童年之梦全破灭了。只剩下生存。

三

我没见过爷爷,他在父亲很小时便去世了。我的奶奶活到七十八岁。那是我看见的唯一一个亲人的老年。父亲死后她又活了三年,或许是四年。她把全部的老年光景示意给了母亲。我们的奶奶,那个老年丧子的奶奶,我已经想不起她的模样,记忆中只有一个灰灰的老人,灰白头发,灰旧衣服,弓着身,小脚,拄拐,活在一群未成年的孙儿中。她给我们做饭,洗碗。晚上睡在最里边的炕角。我仿佛记得她在深夜里的咳嗽和喘息,记得她摸索着下炕,开门出去。过一会儿,又进来,摸索着上炕。全是黑黑的感觉。有一个早晨,她再没有醒来,母亲做好早饭喊她,我们也大声喊她。她就睡在那个炕角,弓着身,背对我们,像一个熟睡的孩子。

母亲肯定知道奶奶的更多细节，她没有讲给我们。我也很少问过。仿佛我们对自己的童年更感兴趣。童年是我们自己的陌生人。我们并不想看清陪伴童年的那个老人。我们连自己都无法弄清。印象中奶奶只是一个遥远的亲人，一个称谓。她死的时候，我们的童年还没有结束。她什么都没有看见，除了自己独生儿子的死，她在那样的年月里，看不见我们前途的一丝光亮。我们的未来向她关闭了。她对我们的所有记忆是愁苦。她走的时候，一定从童年领走了我们，在遥远的天国，她抚养着永远长不大的一群孙儿孙女。

四

在我九岁，你离世的第二年，我看见十二岁时的光景：个头稍高一些，胳膊长到锨把粗，能抱动两块土块，背一大捆柴从野地回来，走更远的路去大队买东西——那是我大哥当时的岁数。我和他隔了三年，看见自己在慢慢朝一捆背不动的柴走近，我的身体正一碗饭、一碗水地，长到能背起一捆柴、一袋粮食。

然后我到了十六岁，外出上学。十九岁到沙湾安集海小镇工作。那时大哥已下地劳动，我有了跟他不一样的生活，我再不用回去种地。

可是，到了四十岁，我对年岁突然没有了感觉。路被尘土蒙蔽。我不知道四十岁以后的下一年我是多大。我的父亲没有把那时的人生活给我看。他藏起我的老年,让我时刻回到童年。在那里,他的儿女永远都记得他收工回来的那些黄昏,晚饭的香味飘在院子里。我们记住的饭菜全是那时的味道。我一生都在找寻那个傍晚那顿饭的味道。已经忘了是什么饭,一家人围坐在桌旁,筷子摆齐,等父亲的脚步声踩进院子,等他带回一身尘土,在院门外拍打。

有这样一些日子,父亲就永远是父亲了,没有谁能替代他。我们做他的儿女,他再不回来我们还是他的儿女。一次次,我们回到有他的年月,回到他收工回来的那些傍晚,看见他一身尘土,头上落着草叶。他把铁锨立在墙根,一脸疲惫。母亲端来水让他洗脸,他坐在土墙的阴影里,一动不动,好像叹着气,我们全在一旁看着他。多少年后,他早不在人世,我们还在那里一动不动看着他。我们叫他父亲,声音传不过去。盛好饭,碗递不过去。

五

你死去后我的一部分也在死去。你离开的那个早晨我也永远地离开了,留在世上的那个我究竟是谁。

父亲,只有你能认出你的儿子。他从小流落人世,不知家,不知冷暖饥饱。只有你记得我身上的胎记,记得我初来人世的模样和眼神,记得我第一眼看你时,紧张陌生的表情和勉强的一丝微笑。

我一直等你来认出我。我像一个父亲看儿子一样,一直看着我从八岁,长到四十岁。这应该是你做的事情。你闭上眼睛不管我了。我是否已经不像你的儿子。我自己拉扯大自己。这个四十岁的我到底是谁。除了你,是否还有一双父亲的眼睛,在看着我。

我在世间待得太久了。谁拍打过我头上的土。谁会像擦拭尘埃一样,拭去我的年龄、皱纹,认出最初的模样。当我淹没在熙攘人群中,谁会在身后喊一声:呔,儿子。我回过头,看见我童年时的父亲,我满含热泪,一步步向他走去,从四十岁,走到八岁。我一直想把那个八岁的我从童年领出来。如果我能回去,我会像一个好父亲,拉着那个八岁孩子的手,一直走到现在。那样我会认识我,知道自己走过了怎样一条路。

现在,我站在四十岁的黄土梁上,望不见自己的老年,也看不清远去的童年。

我一直等你来认出我,告诉我辈分,一一指给我母亲兄弟。他们一样急切地等着我回去认出他们。当我叫出大哥时,那个太不像我的长兄一脸欢喜,他被辨认出来。当我喊出母亲时,我一下喊出我自己,一个四十岁的儿子,回到家里,最小的妹妹都三十岁了。我们有了一个后父。家里已经没你的位置。

你在世间只留下名字,我为怀念你的名字把整个人生留在世上。我的身体承受你留下的重负,从小到大,你不去背的一捆柴我去背回来,你不再干的活儿我一件件干完。他们说我是你儿子，可是你是谁，是我怎样的一个父亲。我跟你走掉的那部分一遍遍地喊着父亲。我留下的身体扛起你的铁锹。你没挖到头的一截水渠我得接着挖完，你垒剩的半堵墙我们还得垒下去。

六

如果你在身旁，我可能会活成另外一个人。你放弃了教养我的职责。没有你我不知道该听谁的。谁有资格教育我做人做事。我以谁为榜样一岁岁成长。我像一棵荒野中的树，听由了风、阳光、雨水和自己的性情。谁告诉过我哪个枝丫长歪了。谁曾经修剪过我。如果你在，我肯定不会是现在的样子。尽管我从小就反抗你——听母亲说，我自小就不听你的话，你说东，我朝西；你指南，我故意向北。但我最终仍长得跟你一模一样。没有什么能改变你的旨意。我是你儿子，你孕育我的那一刻我便再无法改变。但我一直都想改变，我想活得跟你不一样。我活得跟你不一样时，内心的图景也许早已跟你一模一样。

早年认识你的人，见了我都说：你跟你父亲那时候一模一样。

我终究跟你一样了。你不在我也没活成别人的儿子。

可是，你那时坚持的也许我早已放弃，你舍身而守的，我或许已不了了之。没有你我会相信谁呢。你在时我连你的话都不信。现在我想听你的，你却一句不说。我多想让你吩咐我干一件事，就像早年，你收工回来，叫我把你背来的一捆柴码在墙根。那时我那么的不情愿，码一半，剩下一半。你看见了，大声呵斥我。我再动一动，码上另一半，仍扔下一两根，让你看着不舒服。

可是现在，谁会安排我去干一件事呢。我终日闲闲。半生来我听过谁的半句话。我把谁放在眼里，心存佩服。

父亲，我现在多么想你在身边，喊我的名字，说一句话，让我去门外的小店买一盒火柴，让我快一点。我干不好时你瞪我一眼，甚至骂我一顿。

如今我多么想做你让我做的一件事情，哪怕让我倒杯水。只要你吭一声，递个眼神，我会多么快乐地去做。

父亲，我如今多想听你说一些道理，哪怕是老掉牙的，我会毕恭毕敬倾听，频频点头。你不会给我更新的东西。我需要那些新东西吗。

父亲，我渴求的仅仅是你说过千遍的老话。我需要的仅仅是能够坐在你身旁，听你呼吸，看你抽烟的样子，吸一口，深咽下去，再缓缓吐出。我现在都想不起你是否抽烟，我想你时完全记不起你的样子。不知道你长着怎样一双眼睛，蓄着多长的头发和胡须，你的个子多高，坐着和走路是怎样的架势。还有你的声音，我听了八年，都没记住。我在生活中失去你，又在记忆中把你丢掉。

七

你短暂落脚的地方，无一不成为我长久的生活地。有一年你偶然途经，吃过一顿便饭的沙湾县城，我住了二十年。你和母亲进疆后度过第一个冬天的乌鲁木齐，我又生活了十年。没有谁知道你的名字，在这些地方，当我说出我是你的儿子，没有谁知道。四十年前，在这里拉过一冬天石头的你，像一粒尘土埋在尘土中。

只有在故乡金塔，你的名字还牢牢被人记住。我的堂叔及亲戚们，一提到你至今满口惋惜。他们说你可惜了。一家人打柴放牛供你上学。年纪轻轻做到县中学校长、团委副书记。

要是不去新疆，不早早死掉，也该做到县长了。

他们谈到你的活泼性格，能弹会唱，一手好毛笔字。在一个叔叔家，我看到你早年写在两片白布上的家谱，端正有力的小楷。墨迹浓黑，仿佛你刚刚写好离去。

他们听说我是你儿子时，那种眼神，似乎在看多少年前的你。在那里我是你儿子。在我生活的地方你是我父亲。他们因为我而知道你，但你不在人世。我指给别人的是我的后父，他拉扯我们长大成人。他是多么的陌生，永远像一个外人。平常我们一起干活儿、吃饭，张口闭口叫他父亲。每当清明，我们便会想起另一个父亲，我们准备烧纸、祭食去上坟，他一个人留在家，无所事事。不知道他死后，我们会不会一样惦念他。他的祖坟在另一个村子，相距几十公里，我们不可能把他跟先父埋在一起，他有自己的坟地。到那时，我们会有两处坟地要扫，两个父亲要念记。

八

埋你的时候，我的一个远亲姨父掌事。他给你选了玛纳斯河边的一块高台地，把你埋在龙头，前面留出奶奶的位置。他对我们说，后面这块空地是留给你们的。我那时多小，一点不知道死亡的事，不知道自己以后也会死，这块地留给我们干什么。

我的姨父料理丧事时，让我们、让他的儿子们站在一旁，将来他死了，我们会知道怎样埋他。这是做儿子的必须学会的一件事，就像父母懂得怎样生养你，你要学会怎样为父母送终。在儿子成年后，父母的后事便成了时时要面对的一件事，父母在准备，儿女们也在准备，用很多年、很多个早晨和黄昏，相互厮守，等待一个迟早会来到的时辰，它来了，我们会痛苦，伤心流泪，等待的日子全是幸福。

父亲，你没有让我真正当一次儿子，为你穿寿衣，修容，清洗身体，然后，像抱一个婴儿一样，把你放进被褥一新的寿房。我那时八岁，看见他们把你装进棺材。我甚至不知道死亡是怎么回事。在我的记忆中埋你的墓坑是一个长方的地洞，他们把你放进去，棺材头上摆一碗米饭，插上筷子，我们趴在坑边，跟着母亲大声哭喊，看人们一锨锨把土填进去。我一直认为你从另一个出口走了。他们堵死这边，让你走得更远。多少年来我一直想你会回来，有一天突然推开家门，看见你稍稍长大几岁的儿女，衣衫破旧，看见你清瘦憔悴的妻子，拉扯五个儿女艰难度日。看见只剩下一张遗像的老母亲。你走的时候，会想到我们将活成怎样。我成年以后，还常常想着，有一天我会在一条异乡的路上遇见你，那时你已认不出我，但我一定会认出你，领你回家。一个丢掉又找回来的老父亲，我们需要他的时候他离去了。等我长大，过上富裕日子，他从远方流浪回来，老得走不动路。他给我一个赡养父亲的机会。也给我一个料理死亡的机会。这是父亲应该给儿子的，你没有给我。你早早把死亡给了别人。

九

我将在黑暗中孤独地走下去，没有你引路。四十岁以后的寂寞人生，衰老已经开始，我不知道自己在年老腰疼时，怎样在深夜独自忍受，又在白天若无其事，一样干活儿说话。在老得没牙时，喝不喜欢的稀粥，把一块肉含在口中，慢慢地嚼。我的身体迟早会老到这一天。到那时，我会怎样面对自己的衰老。父亲，你是我的骨肉亲人，你的每一丝疼痛我都能感知。衰老是一个缓慢到来的过程，也许我会像接受自己长个子、生胡须一样，接受脱发、骨质增生，以及衰老带来的各种病痛。

　　但是，你忍受过的病痛我一定能坦然忍受。我小时候，有大哥，有母亲和奶奶，引领我长大。也有我单独寂寞的成长。我更需要你教会我怎样衰老和死亡。

　　如果你在身旁，我会早早知道，自己的腿在多大年龄变老，走不动路。眼睛在哪一年秋天花去。这一年到来时，我会有时间给自己准备老花镜和拐杖。我会在眼睛彻底失明前，记住回家的路，和那些常用物件的位置。我会知道你在多大年龄开始为自己准备后事，吩咐你的大儿子，准备一口好棺材，白松木的，两条木凳支起，放在草棚下。着手还外欠的债。把你一生交往的好朋友介绍给儿子，你死后无论我走到哪，遇到什么难事，认识你的人会说，这是你的后人。他们中的某个人，会伸手帮我一把。

　　可是，没有一个叫父亲的人，白发飘飘，把我向老年引。我不知道老是什么样子。我的腿不把酸痛告诉我。我的腰不把弯曲告诉我。我的皮肤不把皱纹告诉我。我老了我不知道。就像我年少时，不知道自己是一个孩子。我去沙漠砍柴，打土坯，背猪草。干大人的活儿。没人告诉我是个孩子。父亲离开的那一年我们全长大了，从最小的妹妹，到我。你剩给我们的全是大人的日子。我的童年不见了。

　　直到有一天，我背一大捆柴回家，累了在一户人家墙根歇息，那家的女人问我多大了，我说十三岁。她说，你还是个孩子，就干这么重的活儿。我羞愧地低下头，看见自己细细的腿和胳膊，露着肋骨的前胸和独自长大的一双脚。你都死去多少年了，我以为自己早长大了，可还小小的，个子不高，没有多少劲，背不动半麻袋粮食。

如果寿命跟遗传有关，在你死亡的年龄，我会做好该做的事。如果我活过了你的寿数，我就再无遗憾。我的儿女们，会有一个长寿的父亲。他们会比我活得更长久。有一个老父亲在前面引领，他们会活得自在从容。

现在，我在你没活过的年龄，给你说出这些。我说的时候，我能感觉到你在听。我也在听，父亲。

后父

我们家住的地方有一条金沟河，民国时"日产斗金"。现在已少有人淘金了，上游河岸千疮百孔，到处是淘金人留下的无底金洞。金子淘完了，河原变成河。我们住在下游，用淘洗过金子的河水浇地，也能在河边的淤沙中看见闪闪发亮的金屑。这一带的老户人家，对金子从不稀罕，谁家没有过成疙瘩的黄金。我们家就有过一褡裢金子，那是多少我都不敢说出来。听我后父讲，他父亲在那时，也去上游的山里淘金。是在麦收后，地里没啥活儿了，赶上马车，一人拿一把小鬃毛刷子，在河边的石头缝里扫金子。全是颗粒金，几十天就弄半袋子。

我们家那一褡裢金子，后来不知去向。后父只是说整光了。咋整光的？就不说了。有几年他说自己藏的有金子呢，有几年又说没有了。我们就在他的金子谎话里，过了一年又一年。到现在,家里再没有人会相信他藏的有金子。

但我们家确实有过一褡裢金子。我后父也确实是一个有过金子的人,他说起金子来,一脸的自足和不在乎。

我们家邻居也有过一褡裢金子。那家的王老爷子,却从来不提金子的事。我后父说,他们家的金子,在解放前三区革命逃战乱时,过玛纳斯河,家里的马不够用,把一褡裢金子交给本村的一个骑马人。过河后就失散了。

多少年后,王老爷子竟然找到了那个人,他就住在河对面的玛纳斯县,那个人也承认帮助驮过一褡裢金子,但过河后为了逃命,就把金子扔了。

"命要紧,哪能顾上金子。"那个人说。

王老爷子开始不信,后来偷偷打探了几年,这家人穷得钩子上揽毡,根本不像有金子的人家。后来就不追要了。王老爷子也再不提金子的事了。

那我们家的金子呢?后父闭口不说。早先我们住在他的旧房子,他有时给我母亲说金子的事。我们隐约觉得他藏的有金子。他是这里的老户,老新疆人,家底子厚。啥叫家底子,就是墙根子底下埋的有金子。听说村里的老户人家,都藏的有金子。从来不说自己有。成疙瘩的金子埋在破房子底下,自己过穷日子,装得跟没钱人似的。我母亲也半信半疑地觉得我后父有金子。他不拿出来,可能是留了一手。

我们家搬出太平渠村那天,有用的东西都装上拖拉机,几只羊也装上了拖拉机,我母亲想,这下后父该把金子挖出来了吧。我们要搬到元兴宫去生活,后父的旧院子也便宜卖给了村里的光棍冯四，他不会把金子留给别人吧。可是，后父只是磨磨蹭蹭在他的旧院子转了几圈，捡了几根烂木棒扔到车上。然后，自己也上到车上。

这地方的有钱人，有过好多金子的人家，突然全变成了穷人。留下的全是有关金子的故事，不知道金子去了哪里。

二十世纪七八十年代，经常有人到我们这地方来挖金子。有一年大地主张寿山的孙子带一帮人，在他们家的老庄子上挖了三个月，留下一个大坑。另一年中地主方家的后人又在自家的老房子下挖了一个大坑。最大的一个坑是小地主唐人田家羊倌的后人挖的。羊倌曾看见唐家的人把一个坛子埋在羊圈下面。坛子由两个人抬，里面肯定是贵重东西。羊倌夜里睡在羊圈棚顶，看得清清楚楚。匪徒打来时，唐家人仓皇逃跑，没顾上把东西挖出来。后来也再没有唐家人音信，可能没逃掉，全被杀死了。

那个坑是三台推土机挖的，挖了两年。头一年挖到冬天停工了。第二年开春又挖了一个月。金子真是贵重，一点点东西，就要人挖这么大的坑。听人说，金子在地下会走动。但人又不知道金子会朝哪个方向走动，一年走几步。几十年来可能早已离开老地方，走得很远。也可能会朝下走，越走越深。或朝上走，走到地面，早被人拾走。所以，人在埋金子的羊圈棚下挖不到金子，便会把坑往大往深挖。这个坑一旦开挖了，便不会轻易罢休。因为挖坑要花钱雇人雇车，还要向当地的"土地爷"交土管费。假如花一万块钱还没找到金子，他就会再投五千块。这跟赌博押宝一样，总不甘心，金子会在下一锨土里，下一铲就会推出那个装金子的坛子。结果坑越挖越大，直挖到河边，挖到别人家墙根。往往是坑挖得越大，越证明没挖到东西。

在我们村边，那个挖得最深最大的坑，已经被当成水库。我们叫金坑水库。另几个小一点的坑被村民放水养鱼，有叫金鱼塘的，叫金塘子的。这些土坑纷纷被村民承包，合同一定六十年。那些人都鬼得很，借养鱼的钱把坑又往大往深挖，说是整理鱼塘，其实想侥幸找到金子。找不到也不要紧，养着鱼，占着坑。反正有一坛金子在里面呢。这里的老户人，都相信金子没有走远。好多走远的人又回来，守着早已破败的老房底子。从没听说谁挖到或拾到过金子。但埋金子的地方会被人牢牢记住。多少年后谁做梦听到黄金的动静，这地方又会无端地被挖一个大坑。

我后父的旧院子，以后会不会被我们挖成一个大坑呢？

有时候我想，后父可能真的藏有金子呢，他经常回太平渠村去看他的老房子，早年家里有马车时赶着马车去，后来我们家搬到县城，马车卖了，他就坐班车去，说是去要账。那院老房子作价四百五十块钱卖给冯四，只给了二百块，剩下的钱一直要不回来。冯四没钱。一年四季都没钱。他是五保户，不种地，村里救济一点口粮。冯四不可能把口粮卖掉还我们家的钱。后父知道这些，但依旧每年去要。去了跟冯四一起住在老房子里。我们就想，他可能打着要钱的幌子，去看他埋的金子。这么多年，他来来去去地到太平渠，可能已经把金子挖出来，挖出来会藏哪呢？可能已经埋到我们现在的房子底下。

也许他没挖出来，那些金子依旧在太平渠的老房子底下。也许后父把它埋进去时就没想过要挖出来，他是留给自己的。留到最后，不知道会以什么样的方式给我们。也许他隐约说那一褡裢金子的时候，就已经把它给了我们。后父现在有八十岁了，因为年龄大了，这几年去太平渠少了，金子的事也说得少了。但经常说村里的老房子，说冯四的钱还没给，说要把老房子收回来。后父这样看重他的老房子，总让我们觉得那个老房底子下真的埋了金子。

将来有一天，我们会不会真的相信了那一褡裢金子的事，兄弟几个，雇一台推土机，轰轰隆隆地进到我们的老院子？

在这地方，只有风知道该留下什么，扔掉什么。也只有风能把该扔的扔到远处。人不行。人想留的留不住，要扔的也扔不远。

第二部分 | 虚土

度过我一生的
那个人

　　你让我看见早晨。你推开门。我一下站在田野。太阳没有出来,我一直没看见太阳出来。一片薄光照着麦地村庄。沙漠和远山一样清晰。我仿佛同时站在麦地和远处沙漠,看见金色沙丘涌向天边,银白的麦子,穗挨穗簇拥到村庄,要不是院墙和门挡住,要不是横在路边的木头挡住,麦子会一直长上锅头和炕,长上房。

　　那是我永远不会尝到的眼看丰收的一季夏粮。我没有眼睛。母亲,我睁开你给我的小小心灵,看见唯一的早晨,永远不会睡醒的村庄,我多么熟悉的房顶,晾着哪一个秋天的金黄苞谷,每个棒子仿佛都是我亲手掰的。我没有手,没有抚摸你的一粒粮食。没有脚,却几乎在每一寸虚土上留下脚印。这里的每一样东西我都仿佛见过无数次。

母亲，是否有一个人已经过完我的一生。你早知道我是多余的，世上已经有过我这样一个人，一群人。你让我流失在路上。你不想让我出生。不让我长出身体。世上已经有一个这样的身体，他正一件件做完我将来要做的所有事情。你不想让我一出生就没有事情，每一步路都被另一个人走过，每一句话他都说过，每个微笑和哭都是他的，恋爱、婚姻、生老病死，全是他的。

我在慢慢认出度过我一生的那个人，我会知道他的名字，看见他的脚印，他爱过的每样东西我都喜爱无比。当我讲出村子的所有人和事，我会知道我是谁。

或许永远不会，就像你推开门，让我看见早晨，永远不向中午移动的早晨。我没有见过我在太阳下的样子。我可能一直没有活到中午。那些太阳下的影子都是别人。

五岁的早晨

我五岁时的早晨,听见村庄里的开门声,我睁开眼睛,看见好多人的脚、马腿,还有车轱辘,在路上动。他们又要出远门。车轮和马蹄声,朝四面八方移动,踩起的尘土朝天上飞扬,我在那时看见两种东西在远去。一个朝天上,一个朝远处。我看一眼路,又看天空。后来,他们走远后,飘到天上的尘土慢慢往回落。一粒一粒地落。天空变得干干净净。但我总觉得有一两粒尘土没有落下来,在云朵上,孤独地睁开眼睛,看着虚土梁上的村子。再后来,可能多少年以后,走远的人开始回来,尘土又一次扬起来。那时我依旧是个孩子,我站在村头,看那些出远门的人回来,我在他们中间没看见我,一个叫刘二的人。

我在五岁的早晨,突然睁开眼睛。仿佛那以前,我的眼睛一直闭着，我在自己不知道的生活里，活到五岁。然后看见一个早晨。一直不向中午移动的早晨。看见地上的脚印，人的脚和马腿。村子一片喧哗，有本事的人都在赶车出远门。我在那时看见自己坐在一辆马车上，瘦瘦小小，歪着头，脸朝后看着村子，看着一棵沙枣树下的家，五口人，父亲在路上，母亲站在门口喊叫。我的记忆在那个早晨，亮了一下。我记住我那时候的模样，那时的声音和梦。然后我又什么都看不见。

　　我是被村庄里的开门声唤醒的。这座沉睡的村庄，可能只有一个早晨，剩下的全是被别人过掉的夜晚和黄昏。有的人被鸡叫醒，有的人被狗叫醒。醒来的方式不一样，生活和命运也不一样。被马叫醒的人，在远路上，跑顺风买卖，多少年不知道回来。被驴叫醒的人注定是闲锤子，一辈子没有正经事。而被鸡叫醒的人，起早贪黑，忙死忙活，过着自己不知道的日子。虚土庄的多数人被鸡叫醒，鸡一般叫三遍，就不管了。剩下没醒的人就由狗呀，驴呀，猪呀去叫。苍蝇蚊子也叫醒人，人在梦中的喊声也能叫醒自己。被狗叫醒的人都是狗命，这种人对周围动静天生担心，狗一叫就惊醒。醒来就警觉地张望，侧耳细听。村庄光有狗不行，得有几个狗一叫就惊醒的人，白天狗一叫就跑过去看个究竟的人。最没出息的是被蚊子吵醒的人，听说梦的入口是个喇叭形，蚊子的叫声传进去就变成牛吼，人以为外面发生了啥大事情，醒来听见一只蚊子在耳边叫。

被开门声唤醒的，可能就我一个人。

那个早晨，我从连成一片的开门声中，认出每扇门的声音。在没睁开眼睛前，我便已经认识了这个村子。我从早晨的开门声里，清晰地辨认出每户人家的位置，从最南头到北头，每家的开门声都不一样，它们一一打开时，村子的形状被声音描述出来，和我以后看见的大不一样，它更高，更大，也更加喑哑。越往后，早晨的开门声一年年地小了，柔和了，听上去仿佛村庄一年年走远，变得悄无声息，门和框再不磨出声音，我再不被唤醒。我在沉睡中感到自己越走越远。我五岁的早晨，看见自己跟着那些四十岁上下的人，去了我不知道的远处。当我回来过我的童年时，村子早已空空荡荡，所有门窗被风刮开，开门声像尘土落下飘起，没有声音。

我不长大，
不行吗

　　他们说我早长大走了，我不知道。我一个人在村里游逛，我的影子短短的，脚印像树叶一片片落在身后。我在童年待的时间仿佛比一生还久。村子里只有我一个五岁的孩子，不知道其他孩子去哪了，也许早长大走了。他们走的时候，也没喊我一声。也许喊了我没听见。一个早晨我醒来，村子里剩下我一个孩子。我和狗玩，跟猫和鸡玩，追逐飘飞的树叶玩。

　　大人们扛锨回来或提镰刀出去，永远有忙不完的事。我遇见的都是大人。我小的时候，人们全长大走了，车被他们赶走了，立在墙根的铁锨被他们扛走，牛被他们牵走，院门锁上钥匙被他们带走。他们走远的早晨，村子里只剩下风，我被风吹着在路上走。他们回来的傍晚风停了，一些树叶飘进院子,一些村东边的土落在村西,没有人注意这些,他们只知道自己一天干了些什么,加了几条埂子,翻了几亩地,从不清楚穿过村庄的风干了些什么,照在房顶和路上的阳光干了些什么。

还有我,一个五岁的孩子干了什么。

有时他们大中午回来,汗流浃背。早晨拖出去的长长影子不见了,仿佛回来的是另一些人。我觉得我是靠地上的影子认识他们的,我从没看清他们的脸,我记住的是他们走路的架势、后脑勺的头发和手中的农具,他们的脸太高,像风中树梢,我的眼睛够不到那里。我从肩上的铁锨认出扛锨的人。听到一辆马车过来,就知道谁走来了。我认得马腿和蹄印,还有人的脚印。往往是他们走远了,我才知道走掉的人是谁。我没有长大到他们用旧一把铁锨,驶坏一辆车。我的生命在五岁时停住了。我看见他们一岁一岁地往前走,越走越远。他们从我身边离开的时候,连一只布鞋都没有穿破。

我以为生活会这样不变地过下去,他们下地干活儿,我在村子里游逛。长大是别人的事,跟我没关系。那么多人长大了,又不缺少大人,为啥让所有人都长大,去干活儿。留一个没长大的人,不行吗?村里有好多小孩干的活儿,钻鸡窝收鸡蛋,爬窗洞取钥匙。就像王五爷说的,长到狗那么大,就钻不进兔子的洞穴。村子的一部分,是按孩子的尺寸安排的。孩子知道好多门洞,小小的,遍布村子的角角落落。孩子从那些小门洞走到村子深处,走到大人从来没去过的地方。后来，所有人长大了，那些只有孩子能进去的门洞，和门洞里的世界，便被遗忘。

大人们回来吃午饭，只回来了一半人，另一半人留在地里，天黑才回来。天黑也不一定全回来，留几个人在地里过夜。每天都有活儿干完回不来的人，他把劲用光了，身子一歪睡着在地里，就算留下来看庄稼了。其实庄稼不需要看守，夜晚有守夜人呢。但这个人的瞌睡需要庄稼地，他的头需要一截田埂做枕头，身体下需要一片虚土或草叶当褥子。就由着他吧。第二天一早其他人下地时，他可以扛着锨回家。夜晚睡在地里的人，第二天可以不干活儿。这是谁定的规矩我不清楚。好像有道理，因为这个人昨天把劲用完了，又没回家吃饭。他没有劲了。不管活儿多忙，哪怕麦子焦黄在地里，渠穿帮跑水，一个人只要干到把劲用完，再要紧的事也都跟他没关系，他没劲了。

我低着头看他们的鞋、裤腿。天太热了，连影子都躲在脚底下，不露头。我觉得光看影子不能认出他们，就抬头看裤腿、腰。系一条四指宽牛皮腰带的是冯七，一般人的腰带三指宽。马肚带才四指宽。有人说冯七长着一副马肚子，我看不怎么像，马肚子下面吊一截子黑锤子，冯七却没有。

两腿间能钻过一只狗的是韩三，他的腿后来被车轧断，没断的时候，一条离另一条就隔得远，好像互不相干，各走各的。后来一条断了，才拖拉着靠近另一条，看出相互的关系了。我好像一直没认清楚他们腰上面那一截子。我的头没长过他们的腰。我做梦梦见的也都是半截子的人，腰以上是空的。天空低低压下来，他们的头和上身埋在黑云中，阳光贴着地照，像草一样从地上长出来。

"哒，你还没玩够。你想玩到啥时候。"

我以为是父亲，声音从高处灌下来。却不是。

这个人丢下一句话不见了，我看看脚印，朝北边去了，越走越小，肩上的铁锹也一点点变小，小到没办法挖地，只能当玩具。最后他钻进一个小门洞，不见了。他是冯三，我认识他的脚印，右脚尖朝外撇，让人觉得，右边有一条岔路，一只脚要走上去，一只不让。冯三总是从北边回来，他家在路右边，离开路时，总是右脚往外撇，左脚跟上，才能拐到家。这样就走成了习惯，往哪走都右脚外撇。要是冯三从南边回来几次，也许能把这个毛病改了。可是他在南边没一件事情，他的地在北边，放羊的草场在北边，连几家亲戚都住在北边。那时我想给他在南边找一件事，偷偷把他的一只羊赶到村南的麦地，或者给他传一句话，说王五爷叫他过去一趟。然后看他从南边回来时，脚怎样朝左拐。也许他回来时不认识家了，他从来没从那个方向回来过，没从南边看见过家的样子。

这个想法我长大后去做了没有，我记不清楚。

天色刚到中午，我要玩到傍晚，我们家的烟囱冒烟了再回去，玩到母亲做好饭，站在门口喊我了再回去。玩到天黑,黄昏星挂到我们家草垛顶上再回去。

大人们谈牲口女人,买卖收成。他们坐在榆树下聊天时,我和他们一样高。我站在不远的下风处,他们的话一阵阵灌进耳朵,他们吐出的烟和放的屁也灌进我的嘴和鼻子。他们坐下来时说一种话,站起来又说另一种话。一站起来就说些实实在在的话,比如,我去放牛了;你把车赶到南梁,拉一车石头来。我喜欢他们坐下时说的话,那些话朝天上飘,全是虚的,他们说话时我能看见那些说出的事情悬在半空,多少年都不会落下来。

我听人们说着长大以后的事。几乎每个见到的人都问我:"你长大了去干什么?"问得那么认真,又好像很随便,像问你下午去干什么,吃过饭到哪去一样。

一个早晨我突然长大,扛一把铁锨走出村子,我的影子长长的,躺在空旷田野上,它好像早就长大躺在那里,等着我来认出它。没有一个人,路上的脚印,全后跟朝向远处,脚尖对着村子,劳动的人都回去了,田野上的活儿早结束了,在昨天黄昏就结束了,在前天早晨就结束了。他们把活儿干完的时候,我刚长大成人。粮食收光了,草割光了,连背一捆枯柴回来的小事,都没我的份。

我母亲的想法是对的,我就不该出生。出生了也不该长大。

我想着我长大了去干什么,我好像对长大有天生的恐惧。我为啥非要长大。我不长大不行吗。我就不长大,看他们有啥办法。我每顿吃半碗饭,每次吸半口气,故意不让自己长。我在头上顶一块土块,压住自己。我有什么好玩的都往头上放。

我从大人的说话中,隐约听见他们让我长大了去放羊,扛铁锨种地,跑买卖,去野地背柴。他们老是忙不过来,总觉得缺人手,去翻地了,草没人锄,出去跑买卖吧,老婆孩子身边又少个大人。反正,干这件事,那件事就没人干。猪还没喂饱,羊又开始叫了。尤其春播秋收,忙得腾不开手时,总觉得有人没来。其实人全在地里了,连没长大的孩子也在地里了。可是他们还是觉得少个人。每个人都觉得身边少个人。

"要是多一个人手,就好了。"

父亲说话时眼睛盯着我。我知道他的意思,嫌我长得慢了,应该一出生就是一个壮劳力。

我觉得对不住父亲。我没帮上他的忙。

我小时候,他常常远出。我没看见他小时候的样子。也许没有小时候。我不敢保证每个人都有小时候。我一出生父亲就是一个大人。等我长大 —— 我真的长大过吗?—— 他依旧没有长老,我在那些老人堆里没找到他。

在这个村庄,年轻人在路上奔走,中年人在一块地里劳作,老年人在墙根晒太阳或乘凉。只有孩子不知道在哪。哪都是孩子,白天黑夜,到处有孩子的叫喊声,他们奔跑、玩耍,远远地听到声音。找他们的时候,哪都没有了。嗓子喊哑也没一个孩子答应。不知道那些孩子去哪了。或许都没出生。只是一些叫喊声来到世上。

我还不会说话时,就听大人说我长大以后的事。

"这孩子骨头细细的,将来可能干不了力气活儿。"

"我看是块跑买卖的料。"

"说不定以后能干成大事呢,你看这孩子头长得,前奔楼,后瓦勺,想的事比做的多。"

我母亲在我身边放几样东西:铁锨、铅笔、头绳、铃铛和羊鞭,我记不清我抓了什么。我刚会说话,就听母亲问我:呔,你长大了去干什么?我歪着头想半天,说,去跑买卖。

他们经常问我长大了去干什么,我记得我早说过了。他们为啥还问。可能长大了光干一件事不行,他们要让我干好多事,把长大后的事全说出来。

一次我说,我长大去放羊。话刚出口,看见一个人赶羊出村,他的背有点驼,翻穿着毛皮袄,从背后看像一只站着走路的羊,一会儿就消失在羊踩起的尘土里。又过了一阵,传来一声吆喝,远远的。那一刻,我看见当了放羊人的我就这样走远了。

多少年后,他吆半群羊回来,我已经不认识他。他也不认识我。

这个放一群羊长老的我,腰背佝偻,走一步咳嗽两声。他在羊群后面吸了太多尘土,他想把它咳出来。

每当我说出一个我要干的事时,就会有一个我从身边走了,他真的按我说的去跑买卖了,开始我还能想清楚他去了哪里,都干了些什么。后来就糊涂了,再想不下去,我把他丢在路上,回来想另外一件事。那个跑买卖的我自己走远了。

有一年他贩一车皮子回到虚土庄,他有了自己的名字,我认不出他。他挣了钱也不给我。

我从他们的话语中知道,有好多个我已经在远处。我正像一朵蒲公英慢慢散开。我害怕地抱紧自己。我被"你长大了去干什么"这句话吓住了,以后再没有长大。长大的只是那些大人。

一个人要死

他们没打算在虚土梁上落脚。一种说法是，梁上的虚土把人陷住了。要没有这片虚土梁，还能朝前走一截子。但也走不了多远。人确实没力气了，走到这里时，一脚踩进虚土，就不想再拔出来。

另一种说法是，因为有一个人要死，一个人要出生，人们不得不停下。原打算随便盖几间房子住下来，等这个人死了，埋掉。出生的孩子会走路，再继续前行，找更好的地方安家。其间种几茬粮食，土梁下到处是肥沃的荒地，还有一条河，河的名字好几年后才知道，叫玛纳斯河。是从河上游来的买卖人说出来的。当时他们没敢给河起名字，就直接叫河。这么大的河，一定有名字，名字一般在上游，上游叫什么名字，下游跟着叫。就像一个人，他的头叫刘二，不能把腿叫成冯七。虚土梁的名字是他们自己起的，梁上的虚土陷住脚的那一刻,这个名字就被人叫出来。后来有了房子,又叫虚土庄。再后来梁上的虚土被人和牲口踩瓷。名字却没办法被踩瓷。村子里的生活一年年地变虚,比虚土更深地陷住人。

说要死的人是冯大,我听说本来头一年人们就准备好来新疆了,硬被冯大挡住。冯大说,我眼看要死了,你们等我死了,把我埋掉再走行不行。你们总不能把一个快死的人扔下不管吧。

冯大的死把人吓住了。

人们等了一年,冯大没死掉,饥荒却在夺其他人的命。几千年的老村庄,本来坟已经埋到墙根,又添了些死人,院墙根都开始埋人了。那场饥饿,就不说了,谁都知道。到处是饿睡着的人,路上、墙根、草垛,好多人一躺倒再睁不开眼睛,留给村庄的只有一场一场别人不知道的梦。人们再等不及,就带上这个快死的人上路了。

在老一辈留下的话中,冯大在走新疆路上说的话,以后多少年还被人想起来。

冯大说:"真没想到,我从六十六岁到六十七岁,是拖着两条老腿走到的。我要留在老家,坐在炕上喝着烫茶也能活到这个岁数。躺在被窝里想着好事情也能活到这个岁数。"

王五反驳说:"你要不出来,早死在炕上了。走路延长了你的命,也延长了所有人的命。"

走新疆的漫长道路,把好多人的腿走长,养成好走远路的毛病。

在我的感觉里虚土庄只是一座梦中的村庄。人们并没有停住,好多人都还在往远处走,不知疲倦地穿过一座又一座别人的村庄。虚土庄空空地撂在土梁上。路把人的命无限延长。好多人看不到自己的死亡。死亡被尘土埋掉了。

冯大又一次看见自己的死,是人们在虚土庄居住下来的第五年。人人嚷嚷着要走的事,连地上每一粒土都在动,树上每片叶子都在动,仿佛只要一场风,虚土梁上的人和事,就飘走得干干净净。

这时冯大又出来说话了。

冯大说:"你们不知道我在怎样死。到今天下午,太阳照到脚后跟上时,我已死掉十分之七。我在一根头发一根头发地死,一个指头一个指头地死。

"我活下来的部分也还在死。已经死掉的还在往更深处死,更彻底地死。"

冯大的死又一次把人吓住,他说头发时每个人的头发仿佛都在死。他说到手指时,所有人的手指都僵硬了。

"你们光知道一个劲往前走,不知道死会让你们一个个停住。

"走掉的人也会在不远的前方死。走远的人也会在更远处死。

"远处没有活下来的人。我们看到的都是背影。"

冯大的话并没有止住人们往远处走。跑顺风买卖的人每天都在上路。人的命被路和风无限拉长。连留在村里人的命，都无限延长了。以后我没看见冯大的死。也许他背着我们死掉了。

我活的时候，谁都没有死掉。人们都好好的，一些人在远处，顺风穿过一座又一座别人的村子。更多的人睡在四周的房舍里做梦。梦把天空顶高，把大地变得更辽远。

我也没有死掉，我回去过我的童年了。

死亡是后来的事了。它从后面追上来，像一桩往事，被所有人想起。人从那时开始死，一个接一个，像秋天的叶子，落得光光了。

一个人出生

那个要出生的人可能是我,听母亲说,父亲担心去新疆的路会把腿走坏,把腰走断,把浑身的劲走完,到那时再没有气力生出孩子,就让母亲在临走前怀了身孕。

扔了好多东西。母亲说。几辈子的家产,都扔掉了。你是我们家最轻的一件东西,藏在我的身体里带上了路。

好多男人让女人怀了孕。那些男人,生活无望时就让女人怀孕。遇到挫折和过不去的事情,也让女人怀孕。女人成了出气筒。几乎没有一个孩子在好年成出生。一路上带的粮食越来越少,女人的肚子却一天天变大。不断有女人哭喊,许多孩子流产在路上,那一茬人不知道最后谁出生了。我听人说,人们刚在虚土梁上落住脚,我就出生了。他们因为等我才在这片虚土梁上停住,只是听人这样说。也许出生的那个孩子不是我,是别人。我和好多孩子一起流产在路上,小小的，没有头，没有眼睛和手，也没有身子，人们走远后我远远尾随在后面。我感觉到身后有一群和我一样的孩子，我没回头看他们。我那时没有头。不知道跟在我身后的人都是谁。

人们在虚土庄落脚后的好多年间，那些孩子一个一个走进村子，找到家和亲生父母，找到锅和碗。夜里时常响起敲门声，声音小小的，像树叶碰到门上。

那样的夜晚，一村庄人在无法回来的遥远梦中，村子空荡荡地刮着风，一个丢失的孩子回来，用小小的手指敲门。虚土庄的门，最早被一个孩子的手指敲响，一扇门咯呀一声，像被风刮开一个小门缝。

风给孩子开门。月亮和星星，给孩子掌着灯。

这个孩子来到世上时，所有孩子长大走了，没有一个和他同龄的人。他和风玩，和风中的树叶玩。他长大以后，所有大人都老了，更年小的一茬人都不懂事。村里就他一个成年人。

以后我想起远路上的事情，好像我没出生前，就早早睁开眼睛。我在母亲腹中偷偷地借用了她的眼睛。那时候我什么都知道，在我没长出脚和耳朵时，我睁开眼睛。

后来有一阵，我模糊了，不知道自己是否真的出生。好像已经出生了，却一直没长大。

更早，当我是一片树叶、一缕烟、一粒尘土时，我几乎飘过了整个大地。

我在那样的飘浮中渐渐有了意识。我睁开眼睛，看见我出生的村庄，一片虚土梁上零乱的房子，所有门窗向南，烟囱口朝天。看见我的母亲，我永远说不出她的模样。她生出了我，她是多么的陌生，我出生那一刻，我一回头，看见隆隆关上的一扇门。从那一刻起，我就永远地不能认识我母亲了。

我闭住眼睛。

整整一年的奔波我都看见了。

我一会儿在后面，隔着茫茫的尘土追赶他们，眼看都追不上了，突然地，我又蹲在前面的土包上，看着一群人远远走来，衣衫褴褛，疲惫不堪的样子。我从中认出我的母亲，挨个地认出以后我才认识的那些人：王五、韩三、刘二爷、冯七、刘扁。我不知道正在走过荒野的落魄人群中，哪个是我父亲，我不认识他。我在一阵风中飘过他们头顶，好像知道他们要经过哪个路口，在哪落脚。他们还在遥遥路途的时候，我便已经在虚土梁上落地扎根。我长出茎和叶子等他们，开一朵小黄花等他们，枯黄着枝干等他们。多漫长的路啊，我都快等不到头，突然地，一个傍晚他们踏上这片虚土。

一朵云

他们盯着天边的一朵云走到这里。我听说，一路上经过许多村庄和城市，有的地方他们看上了，人家不接受，不给落户。有的地方人家想留住他们，他们却没看上，到处都缺劳动力，到处是没人开的荒地，或者开出来没人手种又撂荒的土地。路上有几个村庄，险些留住他们，村里人给他们腾出房子，做好饭端到嘴边。他们就要答应留下了，好多人已经走得没有力气。逃荒出来，就是想找一个有地种有饭吃的地方。这个村庄什么都有，连房子都不用盖了，该满足了。

可是，王五爷不愿意。王五爷说，我们走出来的是一村庄人，不是一两户人。这片土地正在开发中，我们为啥不开一块地，建一个自己的村子。一旦住进别人的村庄，就是人家的村民了。

后来，多少年后我才知道，他们或许并不害怕变成别人的村民。从老家被坟墓包围的老村子逃出来时，他们只有一个想法，走得远远的，找一个看不见坟的村子，住下。

那应该是一个新村子，人还没开始死，都活得旺旺的。

可是一路经过的那些新村庄周围，也零星地出现新坟。这片新垦地已经开始埋人。他们只好往更远处走。

结果走到一片没人烟的荒漠戈壁。

当最后一个村庄消失在身后，路不知不觉不见了，荒野一望无际，天也空荡荡的，只有西边天际悬着一块云，人们不知道该往哪去，像突然掉进一个梦里，声音被荒野吸去，什么声音都没有了，人人大张嘴，相互张望，好像突然变得互不认识。这时就听王五爷说，我们得找一块云下面安家。云能停住的地方就有雨，有雨就会生长粮食。

他们在中午时盯着一块云朝西北走，开始云是铅灰色，走着走着慢慢变红，整个天空都红了。一直走到脚被虚土陷住，天上已经布满星星。瞌睡和疲乏更深地陷住人。后来我听他们说起这个夜晚的星空，低低的，星星都能碰到眼睛。我没看见那样低矮的星空。我睁开眼睛时，梁上的房子、草垛、直戳戳的拴牛桩，还有人的叫喊和梦，已经把夜空顶高。

第二天一早，人们醒来发现自己躺在一片虚土梁上，头顶一朵一朵地往过飘云，漫长的西风刮起来了。

那时他们还不知道西风的厉害，这场风一直刮到开春，他们新栽的拴牛桩、树木扎起的院墙，还有泥巴糊的烟囱，都被吹得向东斜。风停时地也开冻了,有人想把篱笆墙扶直,把歪斜的拴牛桩挖出来栽直,王五爷出来说话了。

王五爷说,凭我的经验,西风刮完就是东风。东风会帮我们把西风做过头的事做回来。天底下的风都差不多,认识了一个地方的,也就认识了天下的。

果然没过些天,东风起了,人们忙着春种,早出晚归,等到庄稼出苗,草滩返绿,树叶长到一片拍打上另一片时,所有歪斜的东西都被东风吹直。尤其篱笆墙,都吹过头,又朝西歪了。连冯二奶去年秋天被西风刮跑的一块蓝花手帕,也被东风刮回来。

这个地方的风真好。冯二奶说。

人们在虚土庄喜欢上的第一个东西是风。风让人懂得好多道理。比如,秋天丢掉的东西春天会找到。这些道理在别处可能没有用。风成了人们生活的一部分。人们说一个地方有多远,会说,有一场风那么远。

一场风到底有多远,跑顺风买卖的那些人可能也说不清。反正,跟着一场风跑一趟就清楚了。比如到六户地,人们会说,有半场风远。

烧荒

我最早记忆的夜晚，我应该出生了，却并不知道，只是觉得换了一个地方，以前，那些声音远远的，像一直没有到来。或者到来了又被挡在外面，我被喊唤，又被抛弃。突然地，四周的声音大了。我被扔在后来我才一一认识的声音和响动中，我惊恐，不知所措，一下就哭喊出了声音。

那时他们刚落住脚，新盖的房子冒着潮气。许多人迷向了，认不出东南西北。长途奔波留给人无穷的瞌睡。瞌睡又使人做了无穷的梦，这些梦云一样悬在虚土庄上空，多年不散，影响了以后的生活。到处是睡着的人，墙根，树下，土坡上。人似乎分不清早晨下午的太阳。新房子刚盖好，都不敢住进去。一来湿墙的潮气会让人生病。二来人对虚土中打起的新墙不放心。得让风吹一阵，太阳晒些日子，大雨淋几场。

然后老年人先住进去，仰面朝天躺在炕上，察看檩子的动静，椽子和墙的动静。

新房的椽子檩子在夜里嘎叭叭响。墙也会走动，裂开口子。老年人不害怕被墙压死。房子真要塌，一家人总得有一个人舍上命。旧房子裂几道口子不要紧，不会轻易倒塌，尽管门框松动，房顶也下折了，但年月让整个房子结为一体。不像新房，看似结合紧密，但那些墙和木头互不相识。做成门框的那棵榆树和当了檩子的胡杨树相距数十里，陌生得很。椽子之间相互别劲，门和框也有摩擦。它们得经过一段时光的收缩、膨胀、弯曲、走形，相互结合认识后，才会牢牢契合其中，与房子成为一体。这个过程中房子也最容易出麻达。

一般是爷爷辈的先进去住半个月，没事了父亲辈的再进去住十天，母亲带着儿女睡在院子。直到爷爷父亲都觉得这房子没事了，一家人全住进去。

房子盖好了，剩下的事情是烧荒。开地前先要把地上的草木烧光。可是季节不到，草木还没完全干黄，火烧不起来，剩下的事情就是睡大觉。

一场一场的睡眠，没明没暗。多数人躺在梁上的虚土中。老人睡在新盖的房子。老人做着屋顶下的梦，年轻人做着星光月光下的梦。那个秋天就这样睡过去了，直到入冬，第一场寒风冻疼脚指头，才有人醒过来。

醒来的是一个孩子。好多人在梦中听见一个孩子的喊声。

他满村子喊。好像从很远处跑到村子，看见所有人在沉睡。他找不到家，找不到父母。他一个名字一个名字地喊。好多人听见了，从更远的梦中往回赶。我睁大眼睛，仿佛那个喊声是我的。又不是。我在母亲怀抱中，白天睡觉，晚上醒来。夜里所有的声音被我听见。我几乎没有看见过白天，以后我记忆的好多事情也全在夜里。我不清楚这个村庄的白天发生过什么。

现在已不清楚那个半夜回来的孩子是谁。人人在沉睡。他跑遍虚土梁，嗓子喊哑了，腿跑软了。可能跑着喊着突然发现自己已经长大，愣愣地站在黑夜中。也可能被一个睡着的人绊倒，一跟头栽过去，趴在地上睡着了。绊他的人醒过来，发现季节变凉，该起来烧荒了。他接着喊。

那已是一个大人的喊声。

他以为梦中听见的那个声音是自己的。他跑遍村子，一样没喊醒一个人。这个只被我听见的喊声云一样悬在虚土庄上空，影响到以后的生活和梦。

后来他跑到村外，把东边西边南边北边的荒野全点着。火从村边的虚土梁下向远处烧。最远的天边都烧亮了。他回来看见火光照亮的那些沉睡的脸，落了一层草灰。

一个早晨人们都醒了。什么都没有耽误，因为瞌睡睡足了，剩下的全是清醒。大家没日没夜地干，那点开荒的活儿在落雪前也就干完了。整个冬天人没有瞌睡,沿着野兔的路,野羊和野骆驼的路,把远远近近的地方走了一遍。后来这些路变成人的路,把虚土庄跟远远近近的村庄连在一起。

刘扁

刘扁说,儿子,我们停下来是因为没路走了。有本事的人都在四处找出路,东边南边,西边北边,都有人去了。我们不能跟着别人的屁股跑。我越走越觉得,这片大地是一堵根本翻不过去的墙,它挡住了我们。从甘肃老家到新疆,走了几千公里的路,其实就像一群蚂蚁在一堵它们望不到边的墙上爬行一样,再走,走多远也还在墙这边。我们得挖个洞过去。

井架支在院子,靠牛棚边。开始村里人以为父子俩在挖一口井。父亲刘扁在底下挖掘,儿子往上提土。活儿大多在晚上干,白天父子俩下地劳作,一到晚上,井口那只大木辘轳的咯唧声响彻村子。

后来井挖得深了,父亲刘扁就再不上来,白天黑夜地蹲在井底，儿子吊土时顺便把吃喝的吊下去。父亲有事了从底下喊一句话，很久，瓮声瓮气的回声从井口冒出来，都变了音。儿子头探进去，朝下回应一句，也是很久，听见声音落到井底。

儿子根据吊上来的土，知道父亲穿过厚厚的黄土层，进入到沙土地带。儿子把吊上来的土，依颜色和先后，一堆堆摆在院子，以此记忆父亲在地下走过的道路。

有一阵子，父亲刘扁在下面没声音了。儿子耳朵对着井口久久倾听。连一声咳嗽都没有。儿子知道父亲已走得很远，儿子试探地摇摇井绳，过了很久，父亲从底下摇动了井绳，一点动静颤悠悠地传到绳的另一头。儿子很惊喜，又赶紧连摇了两下。

从那时起，大概半年时间里，儿子吊上来的全是卵石。石堆已高过院墙，堆向外面的荒草滩。儿子开始担忧。父亲陷在地深处一片无边无际的乱石滩了。那石滩似乎比他们进新疆时走过的那片还大。那时儿子还在母亲肚子里，作为家里最轻小的一件东西被带上路。儿子时常踏上父亲在地下走过的路途，翻过堆在院子里的大堆黄土，再翻过一小堆青土，直到爬上仍在不断加高的沙石堆。儿子在这个石堆顶上，看不见父亲的尽头。

又一段时间，有半个冬天，父亲刘扁在地下一块岩石上停住了。他无法穿过去。儿子在上面感到了父亲的困苦和犹豫。儿子下地回来，睡一觉起来，父亲在下面仍没有动静。

父亲坐在地深处一块岩石上想事情。儿子每天把饭菜吊下去，又把空碗吊上来。这样停滞了几个月，冬天过去，雪消后快要春耕时，父亲又开始往下挖了。儿子吊上来的不是石头，而是一种从没有见过的铁黑粉末。儿子不知道父亲怎样穿过那层厚厚岩石。似乎那块岩石像一件事情被父亲想通想开了。

另外一次，父亲刘扁遇到了一条地下河流，要搭桥过去。父亲在底下摇了五下绳子，儿子在上面回摇了三下，父亲又摇了两下，儿子便明白父亲要一根木头。儿子不清楚那条地下河的宽度和水量，就把家里准备盖房的一根长椽子吊了下去。儿子和父亲，通过摇动绳子建立了一种只有他俩知道的语言方式。可是，随着绳子不断加长，这种交流也愈加困难。有时父亲在地深处摇三下绳，井口的绳子只微微动一下。儿子再无法知道父亲的确切意图。

况且，家里的绳子全用尽了。村里也已没绳子可借。每隔几天，儿子就要满村子跑着借绳子，麻绳、皮绳、草绳，粗细不一地接在一起，木轱辘的咯唧声日夜响彻村子。已经快把全村的绳子用完了。儿子记得王五爷的话：再大的事也不能把一个村庄的劲全用完。村庄的绳子也是有限的，尽管有绳子的人家都愿借给他，但总有人会站出来说话的。绳子是村庄的筋，有这些长短粗细的绳子绑住、拴住、连住、捆住、套住，才会有这么多不相干的东西汇集在一起，组成现在的村子。没有绳子村庄就散掉了，乱掉了。

最后一次，已经不知道时间过去了几年，儿子用自己唯一的一条裤子，拧成布绳接上，给父亲吊下去一碗饭。那根疙疙瘩瘩的井绳，放了一天一夜才放到头。

可是，下面没有一点反应。

儿子又等了两天，把绳摇上来，看见吊下去的饭丝毫未动。

儿子慌了，去找王五爷。

王五爷说，你父亲大概一个人走了。他已经找到路了，那条路只能过去一个人。许多人探求到的路，都像狗洞一样只能钻过一个人，无法过去一个家、一个村子。你父亲走得太深远，已经没力气回来。

一开始他把挖掘的土装进筐让你吊上来。他想让你知道脚下的地有几层，树和草的根扎到了第几层。蚁、鼠、蛇蝎的洞打到了哪一层。后来他知道你的绳子和筐再无法到达那里，他便一个人走了。他挖前面的土，堵后面的路。那是一条真正的不归路。

你父亲现在到达什么位置我不清楚，但他一定还在村庄底下。夜深人静时耳朵贴地，就会听到地底下有个东西在挖洞。我一直在听。村里人也一直关心着这件事，不然他们不会把绳子全借给你。

早几年，我听到你父亲的挖掘声有点犹豫，挖挖停停。这阵子他似乎认定方向了，挖掘声一刻不停，他挖了那么深，其实还在村庄底下，说不定哪一天，在哪个墙角或红柳墩下，突然开一个洞，你父亲探出头来。但他绝不会走到地上。

你父亲在地下挖掘时，也一定倾听地面上的动静。地上过一辆车、打夯、劈柴、钉橛子，你父亲都能听见。只要地上有响动，你父亲就放心了，这一村子人还没走，等着自己呢。

有时我觉得，你父亲已上升到地表的黄土层中。或者说，就在草木和庄稼的根须下乘凉呢。我们抚摸麦穗和豆秧时，总能感觉到有一个人也在地下抚摸它们的根须。又是一个丰年啊！你父亲在地下看见的，跟我们在地上看见的，是同一场丰收。

有一个人管着村庄的地下，我们就放心多了。他会引领粮食和草木的根须往深处扎，往有养分和水的地方扎。他会把一棵树朝北的主根扭过头来，向东伸去。因为他知道北边的沙石层中没水，而东边的河湾下面一条条暗河涌着波澜。我们在地上，只能看见那棵树的头莫名其妙向东歪了。成片的草朝东匍匐着身子。

听了我的话，孩子，你不要试图再挖个洞下去找你父亲。你找不到的，他已经成了土里的人。每人都有一段土里的日子。你父亲正过着自己土里的日子，别轻易打扰他。你只有在夜深人静时耳朵贴地去听，他会给你动静。就像那时他在井底摇动绳子，现在，他随便触动一棵树一株草的根须，地上面就会有动静。

孩子，你要学会感应。

张望

"除了我,没人知道虚土庄每天早晨出去多少人,傍晚又回来多少人。这一村庄人,扔在荒野上没人管过。"

我五岁时,看见一个人整天站在村头的大沙包上,像一截黑树桩。我从背后悄悄爬上去,他望路上时我也跟着望路上,他看村子时我也学他的样子看着村子。

"看,烟囱冒黑烟的那户人家,有一个人在外面,五年了没回来。这个村庄还有七十六个人在外面。"

只要我在身边,他就会一户一户说下去。从村南头的王五家,说到北头的赵七家。还指着路上的人和牲口说。我只是听,一声不吭。

他从没有说到我们家:"看,门口长着一棵大沙枣树的那户人家……"我一直等他说出这句话。每次快说到我们家时他就跳过去。我从来没从他嘴里,听到有关我们家的一丝消息。虚土庄的许多事情都是这个人告诉我的。他叫张望。

张望二十岁时离家出走过一次。"那时我就觉得一辈子完蛋了。能看见的活儿都让别人干完了，我到世上干啥来了我不清楚。我长高了个子，长粗了胳膊腿，长大了头。可是没有用处。"

在一个春天的早晨，张望夹在下地干活儿的人中间，悄无声息出了村子。

"我本来想走得远远的再不回来。其实我已经走得足够远。我担心人们找不到我着急。他们会把活儿全扔下四处找我。至少我的家人会四处找我。村里丢了一个人，应该是一件大事情。"

将近半年后的一个下午，张望从远处回来，人们已开始秋收。他夹在收工的人中间往回走，没人问他去哪了，见了面只是看一眼，或点点头，像以往见面时一样。往回走时他还在想，他经过的那些村镇的土墙上，一定张贴着寻人启事，有关他的个头、长相、穿着，都描述得清清楚楚。那些人一眼就会认出他。说不定会有人围过来，抓住他的胳膊领回家。因为寻人启事上，肯定有"谁找到这个人重谢一头牛或两麻袋麦子"这样的许诺。

可是，什么都没发生。这个村庄少一个人就像风刮走一棵草一样没人关心。

"我从那时开始干这件事情。每天一早一晚，我站在村头的沙梁上，清点上工收工的人。村里人一直认为我是个没找到事情的人，每天早早站在村头，羡慕地看别人下地干活儿，傍晚又眼馋地看着别人收工回来。他们不知道我在清数他们。我数了几十年的人数，出入村子的人数全在我的账簿里。

"你看，这活儿也不累人。跟放羊的比，我只干了他一早一晚做的那件事：点点头数。连一个牧羊人都知道，早晨羊出圈时数数头数，傍晚进圈时再数一遍。村里那个破户口簿，只简单记着谁出生了，谁死了。可是，每天出去的人中谁回来了，谁没有回来，竟然没一个人操心。

"我一天不落数了几十年，也没人来问问我，这个村里还剩下多少人。多少人走了，多少人回来。

"本来，这就是我自己的事情。我一直都担心早晨天蒙蒙亮，一个一个走出村庄的那些人中，肯定有一些不会回来。我天天数，越数越担心。每隔一段时间，就会有一个人不回来。多少年后，村里就没人了。谁都不知道谁去了哪里。人在不知不觉中丢失了。当人们觉察到村里人越来越少，剩下的人仍没有足够的警惕，依旧早出晚归，依旧有人再不回来。

"到那时仍不会有一个人来问我，人都去哪里了。他们只有丢了牲口才想到我，站在沙梁下喊：吠，张望，看见我的黑牛娃子跑哪去了？我们家白绵羊丢了，你见了没有？

"直到有一天，剩下的最后一个人清早起来，发现所有房子空了，道路空了，他满村子喊：人哪去了？人都到哪去了？他跑出去找他们，同样一去不回。"

我五岁时村子里还有许多人。我最想知道的是我们家的人去哪了。我经常回去房子空空的。我喊母亲，又喊弟弟的名字。喊着喊着我醒来，发现自己躺在一片荒地。家里发生了许多事，两岁的弟弟被人抱走。父亲走丢了，接着是大哥，母亲带着另一个弟弟妹妹去找，我一个人回到家。我在那时开始记事。我知道了村子的许多事，却始终无法弄清楚我们家的一个夜晚。他们全走掉的那个夜晚，我回到家里。

冯七

最早做顺风买卖的人，是冯七。秋天西风起时他装上虚土庄的麻和皮子，向东一路运到玛纳斯，在那里把货卖掉，再装上玛纳斯的苞谷和麦子，运到更东边的老奇台，人、马在那里过一个冬天，春天又乘着东风把奇台的盐和瓷器运到虚土庄。这个人七十岁了，看上去年纪轻轻。他的腿好好的，腰好好的，连牙都好好的没掉一颗。

他的车轱辘换了一对又一对，马换了一匹又一匹。风只吹老了他脊背上的皮，把后脑勺的一片头发吹白了。

他一辈子都顺风，不顺风的事不做，不顺风的路不走。连放屁撒尿都顺着风。后来他不做顺风买卖了，干啥事也还顺风。

冯七住在村北边的大渠边，有时刮东风他向西走二百米，到韩老大家谝一阵串子，等到西风起了再晃悠悠回来。如果东风一直不停,刮一天一夜,他就吃住在那里。刮北风时他会朝南走半里,到邱老二家坐上一天半日。这个人有讲不完的一肚子好故事,一直讲上三天三夜,外面的北风早停了,东风又起,都没有一个人散去。

这个人的走和停全由风决定。没风时人就停住。

他拿鞭杆在风中比画几下,就能量出一场风能刮多远,在什么地方停住。他还知道风在什么地方转向。

早先村里也有人学着他做顺风买卖,装一车皮子,西风起时向东一路赶去。可是,走不了几十里风突然停了,车马撂在戈壁滩上,走也不是,回也不是。后来这门技术被虚土庄的好多男人学会,在一场一场大风里,虚土庄的车马和漫天的树叶尘土一起,顺风到达一个又一个远地,又飘回来。

冯七爷说,有些大风往往是从一个小地方刮出去的。

一个农妇趴在灶口吹火吹起一场大风。

一条公狗追一条母狗在野滩上奔跑带起一场大风。

一个人一掀被窝撩起一场大风。

天地间的事情就是这样,有个引子,就能引发一件惊天动地的大事。这个引子不需要多大,一点点就够了。

冯七就是一个引子。我觉得许多风就是他引起的。他知道什么时候吹口气,什么时候抖抖衣服或者咳嗽一声,就会引起一场大风。

有时刮东风,好多人围在韩老大家,等他顺风过来讲故事,等半天不来,人们出去,准会看见他站在屋顶,举根长

117

竿子从天上往下钩东西。他似乎能算出这场风肯定能刮来好东西,那场风肯定是空的。他的长竿子头上绑着铁钩。能刮来东西的大风昏昏沉沉,云压得很低,把飘向高空的东西全压到低空。一团一团的黑东西飘过房顶。冯七爷跳着蹦子,长竿子朝天上一伸,往下一缒,钩下一片树叶。又一伸一缒,钩下一团毛。

听说他还钩下过一块红头巾。在另一场相反的风中,他带着红头巾和一车羊毛上路,在远处村庄留下一桩风流美事。

韩拐子

村里有三个人的身体,能预测天气:韩拐子的腿,冯七的腰,张四的肩肘拐子。

三人分住在西东北三个角上。下雨前,要是从西边来的雨,韩拐子的腿便先疼,这时天空没有云,太阳明亮亮的,一点没下雨的意思。但韩拐子的腿已经疼得坐不住,他拄起拐子朝村子中间的大木头跟前走,路过冯七家的院门,走过张四家的牛圈棚,只要韩拐子出门,就会有人问,是不是要下雨,韩拐子从不轻易吭声。他在大木头上顶多坐十口气的工夫,就会看见冯七和张四捂着腰抱着肩肘来了。三个人在木头上一坐,不出半天,雨准会下。下的大小要看三个人皱眉的松紧。

要是从东边来的雨,冯七的腰就会先疼。先走到木头跟前的就是冯七。

有时冯七在木头上坐了半天，也不见张四、韩拐子来，也不见雨下来，冯七的腰好像白疼了，但东边天际一片黑暗。他感受到的雨没有落进村子。还有时冯七、张四都坐在木头上了，不见韩拐子，这时人们就会疑惑，摊在院子的苞谷要不要收回去，縻在地边的牛要不要拉回来，半村庄人围在木头旁等。起风了，凉飕飕的。云越压越低。

到底下不下雨？

有人着急了，问坐在木头上的冯七、张四。

两个人都木头一样，不说话。

风刮得更大了，也更凉飕飕了。还不见韩拐子来。

是不是睡着了？天一阴他的腿就疼得睡不着。天都阴成这样了，他的腿咋还不疼？

人们七嘴八舌地说着。云在天上七高八低地翻腾。突然，一阵风——我们都没觉出来，云开始朝四周散，村子上空出现一个洞，一束阳光直照下来，落在木头上，洞越来越大，直到整个村庄被阳光照亮。被挤到四周的阴云，越加黑重了。

这时冯七、张四从木头上起来，一东一北，回家去了。

冯七、张四坐在木头上时，其余人就只能在一边站着。老年人坐在木头上时，年轻人就只能蹲在地上。当然，没有大人时，娃娃在上面玩，鸡狗猪也爬上跳下。

村子最重要的话都是站在木头上说出来的，有重要的事都把人召集到木头旁宣布。在渠边和麦地埂子上说的事情都不算数。在路上说的事也不算数，人在走，尘土在扬，说的话往后飘。非要认真说事，就得站在路上，面对面地说，说定了再走路。最不算数的是晚上说的话，胡话都是晚上说的。男人骗女人的话也多是晚上说的。话说完事做完人睡着了。或者话说到一半事也做到一半时人已经半醒半睡。我感觉虚土庄一直在半醒半睡中度年月，它要决定一件真实事情时，就得抓住一根大木头。他们围在木头旁说事情时，我看见时间，水一样漫上来，一切都淹没了，他们抱着一根木头在漂，从中午，漂到下午，好像到岸了。时间原沉到尘土以下。我在虚土庄看见时间，浸透每一件事物。它时而在尘土以下，在它上面我们行走、说话。我们的房子压在它上面，麦子和苞谷，长在上面。那时候，时间就像坐在我们屁股下面的一块温暖毛毡。有时它漫上来，我们全在它下面，看见被它淹死的人，快要淹死的人，已经死掉的麦子，一茬撂一茬，比所有麦垛都高，高过天了，还在时间下面。那时我仰起头，看见那根大木头，在时间上面漂。

大木头躺在马号院子门口，旁边一口井。

以前马号在村东北角，人和牲口各住一边，常年的西北风不会把马粪味吹进村子。后来出生了一些人，又盖了些房子，马号就围在中间。晚上人放的屁和马放的屁混在一起，村子有一种特别的味道。马号盖起后，人都喜欢围着马号，有事没事靠着马号墙晒太阳，坐在草垛上聊天，人喜欢和牲口在一起。这一点从后来人围着牲口圈盖房子就可以证明。

人离不开牲口,牲口也离不开人。

王五爷说,人和狼都吃羊,为啥羊甘心让人吃,不让狼吃?

狼吃羊时羊恐惧。狼是生吃,羊活活被吃死。人吃羊是煮熟吃,那时候羊已经没有疼痛和恐惧。人宰羊时羊也不害怕,羊见人拿刀子过来,就像见人拿一把草过来一样,咩咩叫。对不会宰羊的人,羊会自己伸长脖子,脸朝一边仰起,喉咙咕噜咕噜地发出声,好像意思是说:往这里捅刀子。

王五爷说,人和家养的牲畜都是命绑着命,认了的。

王五

到达虚土梁的第五天，人刚缓过气来，王五就让每人背一麻袋和自己体重相等的土，朝来的方向走，走到走不动了，把土倒掉。

王五说，我们一下来这么多人和牲口，虚土梁这一块已经显得比别处重了，必须背出去一些土，让地保持以往的平衡。

别看这地方是片高土梁，如果我们不停地往村里搬东西，多少年后，它就会被压下去，变成一个大坑。

如果那样我们就再走不掉了。

有时地会自己调整，增加一个人和牲口，就会多踩起一些土。风把我们踩起的土刮到别处。但那些静止的东西不会掀起尘土。桌子、磨盘、砧铁，它们死死压在地上，把地压疼了，地不会吭声。地会死。

这些重东西，过三年要挪一次。挪动几米都行。让压瓷的地松口气。被磨盘压僵的一块地，五年能缓过来。土会慢慢变虚。这期间雨水会帮忙，草和虫子也会帮忙。如果一下把地整死了——每一粒土都死掉，它就再缓不过来。一块死地上草不长，虫子不生。连鸟都不落。

有一年，村子大丰收了，从南边来的人一车一车地买走我们的麦子苞谷。村人满怀高兴，因为有钱了，村子里到处是钱的响声。后来卖到只剩下口粮和种子，再没什么可卖时，人们突然觉得村子变轻了，我们的几十万斤粮食，换成了轻得能被风吹走被水漂走的纸票子。而买去我们粮食的沙湾镇，一下重了几十万斤。

从那时起尘土无缘无故扬起来，草叶子满天飞，房顶也像要飞走。人突然觉得自己压不住这块土地。那年秋天，人们纷纷外出买东西，买重东西，没东西买的人也不闲住，从南山拉石头回来，垒在墙根。这样才又把地压住。

又一年村子晃动了一次。好像是秋天，下了一天一夜雨，天快亮时地突然晃起来，许多人还在梦里。坐在房顶的守夜人看见地从西北角突然翘起，又落下。

我们村的西北角有点轻，得埋七块八十斤重的石头，这样村庄才会稳。王五又出来说话了。

从那时起有关地的事情就归王五爷管了。在虚土庄，找到事情做的男人，被人称爷。像冯七、张望、韩拐子、刘二这些人，都被人叫了爷。没事做的男人，长多老都不会有人叫爷。

在这地方，只有风知道该留下什么，扔掉什么。也只有风能把该扔的扔到远处。人不行。人想留的留不住，要扔的也扔不远。顶多从屋里扔到屋外，房前扔到房后。几十年前穿破的一只鞋，又在墙角芦草中被脚碰见。

风带走轻小的，埋掉重大的。埋掉大事物的是那些细小尘土。

我们从地里收回来的，和我们撒到地里的，总量相等。别以为我们往地里撒十斤苞谷种子，秋天收回八百斤苞谷，还有几大车苞谷秆，就证明我们从地里拿回的多了。其实，这些最后全还到地里。苞谷磨成面，人吃了粪便还到地里。苞谷叶子牲口吃了，粪便也还到地里。苞谷秆烧火，一部分变烟飘上天，一部分成灰撒向四野。

人和牲口最后剩下一股子劲，也全耗在地里。

甚至牛吃了野滩的草，把粪拉在圈里，春天也都均匀地撒在田地。

更多时候，牛把粪拉在野滩，再吃一肚子草回来。

地的平衡是地上的生灵保持的。

按说夜晚的村庄最重，人和牲口全回村，轻重农具放在院子。可是，梦会让一切变轻。压在地上的车，立在墙角的镢头和锨，拴在圈棚的牲口，都在梦中轻飘起来。夜晚的村庄比白天更空荡，守夜人夜夜守着一座没有人的村庄。其实什么都不会丢失，除了梦里的东西。

以前在老家村里死了人，都是东边埋一个，西边埋一个。后来死去的人多了，就数不清。先是荒地上埋死人。荒地埋满了，好地也开始埋人。人都埋到了墙根。晚上睡在炕上，感到四周睡满人，人挤人。已经没有活人的地方。

死亡会把地压得陷下去，压出一个坑。王五说。

一个人的死亡里包含着他一生的重量。人活着时在不断离开一些事情，每做一件事都在离开这件事。人死亡时身体已经空了，而周围的空气变得沉重无比。这是一件好事情，说明人在身体垮掉前，把里面的贵重东西全搬出来了。那些搬出来的东西去了哪里，我们不清楚，只知道在死亡来临前，人的生命早已逃脱。死掉的只是一个空躯体。

我们都知道死和生之间有一个过道。人以为死和生挨得很近，一步就踏入。

其实走向死亡是很漫长的，并不是说一个人活到八十岁就离死亡近了。不是的。一些我们认为死掉的人，其实正在死亡的路上。

那时整个一村庄人也都在死亡路上。我在的时候村里没开始死人。死是后来发生的。听说他们被一个流产在路上的死孩子追上，从那时起，死亡重新开始了。

夜晚的咳嗽

　　每个人都有截然不同的好几种人生,我们看见的只是其中一种。

　　那年冬天,韩老二若不进沙漠打柴,他的腿就不会被车轧断,没被车轧断腿的韩老二,过着以往的平顺日子。人们看见的是轧断腿的韩老二,在那个冬天的黄昏,躺在牛车上回来。他的牛没坐住坡,装满梭梭柴的牛车在大沙包上跑坡了,韩老二绊倒在地,一只车轱辘从右腿轧过去。

　　那以后,出现在村里的是一个叫韩拐子的人,拄着拐杖,拖着一条右腿,在路上留下一只脚印一个拐杖窝。叫韩老二的人不在了,只有在一些人的话语中,还隐约听见他的存在。

　　"唉,我这条腿要不断,也早该把新房子盖起来,生活也不会落在别人后头。"

"韩老二是个倔性子人,那条腿要不断,还不定能干出啥大事情。"

"我那男人,幸亏腿断了,要不然,早天南海北跑掉了。"

从这些话语中,人们隐约看见盖起新房子的韩老二,整出大事情的韩老二,尤其是天南海北跑掉的韩老二,在外面做成买卖,挣了大钱。他正越来越远地离开村子。有几年他似乎离虚土庄很近了,到处有人传说他的事,却始终没走进村子。这样过了二十年,甚至更久,走在村里的依旧是拖着一条断腿的韩拐子,他哪都没去成,啥事都没整出来。

韩拐子的断腿还是影响了一些人。比如马三娃,自从韩老二的腿轧断后,他再不敢进沙漠拉梭梭柴,更不敢赶车上远路,他经常看见自己的腿在一个大沙坡上被车轧断,瘸着腿的自己过着韩拐子一样的生活,啥重活儿都干不了,走路一颠一颠,在路上留下一个脚印一个拐杖窝。

因为一个人的腿断了,村庄看上去也不稳了。每当韩拐子一瘸一拐走路时,我就感觉村子在摇晃,码在房顶的苞谷棒都被摇落下来,天空也在晃。我觉得头晕,就蹲在地上,闭着眼睛等他走过去。

每个人都会影响村子,村里多一个瞎子,就会少看见多少东西。瞎子的手在墙上树上门框上摸出一条路,那条路我们看不见,瞎子的手摸在墙上树上时,就知道自己走到了哪里。

要一个人病了,他的咳嗽声会改变一个夜晚的梦。俗话说,老人的咳嗽能把房梁上的灰土震落下来。年轻时落在房梁上的土,会被年老时的咳嗽声震落。

要有五个人咳嗽,跑买卖的车户会绕过村子。

他们会认为这个村庄生病了。

咳嗽声还让一些动物不敢进村。但会招惹苍蝇和蚊子,俗话说,富人身边朋友多,病人头上苍蝇多。苍蝇喜欢病人。大概人一病就躺着不动了,苍蝇叮起来不费劲。可能还有其他原因,对苍蝇来说,或许病人的味道更好一些呢。

咳嗽是村庄很重要的声音。不管有病没病,一个村庄都会有咳嗽声。深夜走近村庄的外乡人,都要蹲在村边静静倾听狗叫和咳嗽声,以此判断是否进村。有时一村人在说梦话。在夜里,人的梦话跟虫鸣一样聒耳,只不过虫鸣像水一样漫在地面,人的梦呓雾一样飘在空中。咳嗽声能让夜晚停顿。让梦回头。有威望的老人,像王五爷、冯七爷、刘二爷这些人,每个夜里都要咳嗽几声。王五爷上半夜咳嗽两声,冯七爷下半夜准会咳嗽三声,刘二爷天明前要咳嗽五声。年轻人都悄悄的,不吭声。人一咳嗽,狗就不叫了。狗不跟人比声,跑顺风买卖的冯七爷知道,一走出二十里地,村庄只剩下狗吠驴鸣,还有早晨的鸡叫,人的什么声音都听不见了。咳嗽声在夜晚只能传五里地。人越老咳嗽声传得越远。这些数字都是走夜路的赶车人测出来的。他们根据咳嗽声大小和传播远近,判断这个村庄谁说了算。刘二爷的咳嗽声只能传三里半。他的底气还不足,后二十年里村子才逐渐落在他手里。

马老得胡子
都白了

我出生时爷爷就是一个老头，我没看见他的壮年、青年和少年。我一睁眼他就老掉了。后来，我没长大，他又不见了。我不知道他去了哪里。在他的记忆中我没有青年、中年，也没有老年。他没看见我长大。我也没看见。一个早晨人们把他放到车上，他穿着新衣新裤新鞋子，好像睡着了，闭着眼睛。父亲把缰绳搁在他手里，一根青柳条的细绳鞭放在另一只手里，然后马车嘚嘚上路了。

多少年后，我开始记事的时候——也许没有多少年，只是比一个早晨稍长一点的时间，一辆空马车从村子另一边回来，径直走到我们家门口。马老得胡子都白了，车也几乎散架。车厢板上一层沙尘一层树叶，说明马车穿过多少个秋天和春天。

母亲说,这辆马车是陪送你爷爷的,没让它回来。

它是不是把爷爷送到地方,来接我们。我在心里说。

空马车从此停在院子,车架用一个条凳支起。老马拴在棚下,母亲说它快死了,却没死,一直拴在草棚下面。从我记事起就有一匹老马拴在草棚下,不吃草不睡觉。夜里眼睛白白地望着我们家门,望着窗户和烟囱。我从草棚下来,悄悄站在它身后,顺着它的眼睛望去,我们家木门在星光里,暗暗开了,又关住。又开了。一下一下,像多少人进进出出,炕睡满了,地上站满了。我不敢进屋。我睡觉的地方睡满了不认识的人。车空空停在院子,等了多少年,辕木都朽了一根,没一个人上路。

秋天,跑顺风买卖的冯七说,在老奇台看见我爷爷。他穿着新衣新裤新鞋子,坐在一条向南的巷子里,晒太阳。冯七过去跟他说话。老人家说不认识他。怎么可能呢。冯七说了许多虚土庄的事,老人家一个劲摇头。

我爷爷可能被一段颠路摇醒,看见自己新衣新裤新鞋子,躺在马车上,就什么都明白了。他把车掉回头,拍了一把马屁股,车便空跑回来。我爷爷回过头,往上百年的往事里走,他经过我出生看见他的那段日子时,我感觉有一个亲人回来,我闻到他的气息,他带来的风声里没有一粒尘土。我没看清他的面容,只感到我在他的目光里。我静静停住,后退几步,想让他看清我。我想他会停留一段日子,我听见他的脚步，在院子里走动，有时走到路上又回来。他一定知道我感觉到了他。他的脚步越来越轻，我越来越安静。什么都听不见时，我站在阳光中，不敢走动，怕碰到他身上。他可能就在沙枣树荫里，在木头上，斜歪着身子。或许站在我身后，胡须垂到我的头顶。

这样的时刻很长，有几个季节，我停住生长。跑买卖的马车时常经过村庄。院门一天到晚敞开。家里剩下我一个人。我爷爷回来的时候，他们都到哪去了？

突然地，有一天我再感觉不到他。院子变得空空的。我知道他走了。

他走进没有我的漫长年月，在那里，他和我从没见过面的奶奶，过着我不知道的日子。多少年后，他回到童年时，我听见他的喊声，我回过头。那时我刚好在童年，我和他一起玩捉迷藏，爬树梢上房顶。我不知道和我玩耍的孩子中有一个是我爷爷。他回来过自己的童年。在那里他和我不分大小。

他往回走的时候，曾经收获过的粮食又一次被他收获，早年的一日三餐，一顿不缺，让他再次吃饱，用掉的力气也全回到身上。

瞎了

　　我躺在墙根，闭着眼睛听两个瞎子说话。我本来不想听他们说话。瞎子在说他们看见的东西，我觉得好奇。

　　那两个瞎子，老的真瞎了，年轻的好像也瞎了，他闭着眼睛，我不敢保证他真瞎了，我去年见他时还在看东西呢，可能是不想看了。连我都闭上眼睛了，才几年时间，我们就把这个地方看够了。

　　瞎子在马号库房干活儿，库房门掩着，高高的后墙顶上有一个小窗洞。瞎子摸黑搓草绳，搓好一根，放在身边，过一会儿一根一根摸一遍。我悄悄抽走一根，瞎子慌了，一遍一遍摸着数，朝四周摸，耳朵竖起来听。整个库房摸遍了，摸到门口，开门出来，在路上摸。

　　谁见我的一根草绳了？瞎子喊。

　　小瞎子从隔壁的黑房子出来。老瞎子已快摸到我的头了，他的左手朝左右摸，右手上下摸。我不知道他的手摸到我身上是什么感觉。我害怕，赶紧把草绳扔过去。

一辆马车从沙沟沿下来，老瞎子把耳朵侧过去，小瞎子没有，他把脸转过去。眼睛睁了半下，又闭着。我也把眼睛闭着，耳朵转向他们。我知道的事情多半是耳朵听来的。我的眼睛其实没看见过什么。

这么多年，我一直没问过你，父亲，那年你教我骗走的那个人到底是谁。

是谁都没意思了。老三，你问这个干啥，该回去做晚饭了。连瞎子都知道是下午了，太阳照在我的左脸上，风吹我的右脸。正刮东风。

你别岔开话，父亲。我一直没忘掉那个人。我替你骗了他，你该让我知道他是谁。

如果我站住不动，一个时辰后，风会吹我的后脑勺。那是凉爽的下山南风。那时河湾的柳树叶子会朝北沙窝方向摆动。午后归圈的羊群踩起的土，向西飘过沙沟沿，就会转头朝北。儿子，你要记住这个地方的风。对我们瞎子来说，耳朵、鼻子、每根汗毛都是眼睛。

噢，你不瞎。我咋觉得你也瞎了。

父亲，你再不说我就走了，永远不回来。那个人长得像你，他是不是我们家亲戚。你教我传话时，他一直盯着我看。他在门外站了好一阵，然后走掉了。我长得像你，难道

135

他会认不出。当时我就知道,他可能是我们家的一个亲戚。他走后我跟着出了村子,我站在一截墙头上,一直看着他走失在远处。我知道他去了哪里,你再不说我就去找他。

既然你知道了,就不瞒你了。他是你二叔,是我把他打发走的,不怨你。他听了我叫你传的话,就已经明白我不想认他。

我们分开四十年了。我们也是弟兄三个。我老大。我们说好活到六十岁时全到老大家来。这之前谁都不找谁。各活各的。六十岁以后的日子我们老兄弟一块过。到那时谁挣了钱把钱带来,欠了债把债背来。富富穷穷我们把剩下的日子过完。

这是我父亲——你们的爷爷交代的。他临死前把我们叫到一起,留下一句话,叫我们老的时候全待在一起。走多远都赶回来。

你爷爷知道人老了会遇到许多事情,有些是自己一个人难以担当的。

我瞎了眼之后,在黑暗中待了这些年,有些想法改变了。

一开始我们一家人——我、你的两个哥哥,靠你一双眼睛生活。后来我知道靠不住,就盼你的两个叔叔早早回来。我们家还有两双眼睛在外头呢,我不害怕。

那个下午,当你说有个很像我的人在门外打量我们家院子时,我就知道是你二叔回来了。你三叔还差几年才六十岁。他正在路上。

那一刻,我有一个奇怪的感觉,我们家的一双眼睛回来了。他会帮我看见一切，远处的，近处的。他决不像你，儿子，你留给自己的东西太多，每次只把你看见的一小部分告诉我们。你隐瞒了三个瞎子的光明。对于我们，你没说出来的那些全是黑暗。

可是，也就那一刻，我突然改变了想法。我已经不需要那双眼睛了。你的叔叔，他唯一能帮我看见的，是我变成了瞎子，拉扯两个瞎眼儿子。还有一个装瞎的儿子。这些恰恰是我不想让他看见的。

你说了这么多，父亲，我知道你一直在怪我。眼睛也会用坏的，你们三个人，多少年用我的一双眼睛。尤其我的两个哥哥，屁大的事都让我帮着看。针掉在地上我得帮着找，吃饭时摸着碗摸不着筷子，我得往手上递。听见过来一辆车，就会缠着我问车上坐几个人，人长咋样，马是黑马还是白马。马笼头戴红樱穗吗，是骒马还是骟马。马蹄子圆不圆。除了人车上还有啥东西。

我大哥眼瞎以前说下的魏家姑娘，不理我大哥了。他天天拉我去追人家，让我用眼睛传情，还让我告诉人家，是我帮他传的。让我把人家的眼神说给他。我把眼睛都挤坏了，魏家姑娘也不理识。你想想，一双眼睛自己爱惜着用，用到五十岁也花了。况且三个人用呢。

我知道早把你使唤烦了。儿子。这么多年，一家人使唤你的一双眼睛，开始你把我们当亲人，生怕我们看不见，把你看见的全说给我们。后来你就只把我们当瞎子。我们不问你就不说。问了也不全说,随便一句话把我们糊弄过去。

我确实已经看不清东西了,父亲,你们把我的眼睛用成了啥样了,你们看不见。眼睛没长在自己脸上,不心疼。咋不让我的眼睛和你们一起瞎掉,老天为啥要留下我的眼睛,你们眼睛一瞎,没事了。你们知道我的眼睛多累吗?它累得白天都不想睁开。睁开眼也不想看东西,它已经没劲,看不动了。我想节省点用,让我们家的这双眼睛,多看些年月,要是这双眼睛也瞎了,我们家可真的没有白天了。

你不要把自己的眼睛看得有多金贵,儿子。我瞎了,我看见的也许比你都多。只是你从不问我——一个瞎子看见了什么。

八年前的一个夏天,我问过你一件事。我说,儿子,西边好像有个什么东西。

我每天下午面朝西晒眼睛。我的眼睛瞎了后老流泪。眼圈一天到晚湿湿的。我没什么可伤心的事。好像眼睛在哭它自己。

我对着太阳晒眼睛时,感到脑子里有一丝的红热。我的眼睛没有全瞎死,有一丝红光透进心里了。就像春天的早晨,从裂开的门缝透进的一缕阳光。我眼睛的门虽然关死了。但门板上有缝隙。我努力对着太阳张望时,总看见那边有个黑乎乎的什么东西。

其实我早该知道,那只是我心里的一个黑影,只要我眼睛对着太阳,它就会出现。

我从来不问别人，眼睛瞎了这些年，我一句都没问过别人。哪怕走迷了路，碰到墙上，栽到坑里，都自己摸爬回来。我硬是把村里村外全摸熟了。现在，你看，村里村外的人遇到难事都来找我。牲口丢了，人病了，生老病死，都来问我。他们相信一个瞎子能看见他们看不见的东西。

你的两个哥哥就不行，遇到屁大的事都问人，经常被人骗，捉弄。

别人说一百遍，不如自己摸一遍。

有一回你大哥路走岔了，走到一片荒滩上，回不了家，一个人站在那里喊：有没有人？我在哪里？

喊了半中午，嗓子都哑了，听见的人全捂着嘴笑。他们喜欢看瞎子的笑话。最后还是我听见了，顺着喊声摸过去。我气坏了，照着他的腿敲了一棒子。

我说你喊叫啥，儿子，你已经是瞎子了，还想让人把你当成傻子是不是。

你眼睛瞎了，耳朵没聋。朝着狗叫的地方走，朝着有人声的地方走，先找到村子，进了村再仔细听。每户人家的狗叫声都不一样。狗通常在自家院子叫。迷了路时，坐在地上听一阵，狗总会叫。不要轻易相信人的话。那些闲得无聊的人，把瞎子往岔路上引，然后站着看笑话。母鸡下了蛋也会叫，每只鸡的叫声也不同。一家人的鸡叫出一种声音。听到这些声音你就知道自己在什么位置了。前后左右，东南西北，就都清楚了。

还有手，记住你摸过的每堵墙每棵树。墙上的坑洞和树

139

上节疤，都是记号。

脚也是眼睛。哪段路上坑坑洼洼，哪段路上有溏土，哪段路硬哪段路软，脚踩上去就能认出来。

还有鼻子。村子都是由猪圈、牛羊圈、茅厕、灶头这些有气味的东西组成。一户人家一种气味。因为每户人家饭食的味道不一样，人放屁的臭味就不一样，出气冒汗的味也不一样。

再就是要记住风了。无论瞎子还是常人，风永远是最重要的。什么时候刮东风，什么时候刮西风，只要辨清风向，会听风声，风会把大地上的一切都告诉你。那些房屋、草垛、树、人畜的大小形态，都被风声描绘出来。风中的每样东西都发出不同声音。风声悠长的地方是道路、空旷田野。风声高亢处是屋棚相接的村舍。而风刮过草棚和屋檐又是不同的两种声音。刮过麦田和苞谷地的声音也不一样。

每个人都有一黑，儿子。

我瞎了，眼前一抹黑。他们没瞎，心里也有黑的时候。

人人眼前都是黑的。

你知道我的黑是什么吗。我黑摸了这么多年，虚土庄像一块黑石头被我摸亮了。

我的黑是你给我的，儿子。

我从来不问别人。我只问过你一次。

八年前那个傍晚，我问你西边日落的地方好像有一个什么东西。

我本来没打算问你。

我朝那个黑影走去过许多次。我想自己摸见它。

可是,我走过去时,那个黑影也在走。我无法摸见它。

我心里急,就问了你一句。

我告诉你那是一棵树。父亲。

你说是一棵枯树。儿子。

枯树活树不一样吗。父亲,反正你看不见。我看你每天下午朝西边看。其实西边什么都没有,一片荒滩。我不知道你想看见啥。看见了啥。

你骗人都舍不得拿棵好树骗。儿子,你说日落的地方有一棵枯树。我问树多粗。你说一抱子粗。

我不忍心说西边什么都没有。父亲。我若说有一棵活树,我每年都要向你们描述树长成了什么样子。你不问我的两个哥哥也要问。因为活树每年都要长。而我,每年都得对你们撒谎。死树就一个模样。

我虽眼瞎了好多年,但多年前这个方向没有树,连草都没有。这我知道。但我又确实感觉到那里有一个黑乎乎的东西。我宁愿相信是一棵树。

我一次次向你说的那棵树摸过去。什么都没摸见。我倒摸到了你没说的一些东西。

你知道吗,儿子,每次我朝西边走去时,心里总有一棵你说过却并不存在的树。它黑乎乎地长在前面,我想不出它的模样。

有时我想已经绕过去了,它正站在我身后,等我转身回来时一头碰在上面,头破血流。

父亲，你说了这么多。你咋不相信我呢。我给你们看了这些年，我的眼光被一点点磨短了。以前我能看见沙包上的张望，能看清他手搭凉棚张望的样子。现在我只看见一截黑树桩。还有村里的人和牲口，也在我眼前一天天变模糊，像一个往事，正在遗忘。眼前的一切在变暗，变黑。我知道我的白天快过去了，剩下全是黑夜了。不像你，父亲，你已经把黑夜磨亮。

我眼睛瞎后出生的那些人，在我心里都是黑疙瘩。我听见他们走路、说话，声音都是黑的。对于我，一个瞎子，整个世界都被一层黑灰蒙住，我必须用手把它擦亮，一些东西的面目才会出现在心里。

可是，除了拴在槽上的牲口，哪个人愿意我从头到尾把他摸一遍。尤其那些女人，防不着碰到身上都不愿意。眼睛瞎了这些年，我几乎把村里所有东西都摸遍了。我最不熟悉的就是人，我已经三十年没看见他们。虽然我也知道，三十年会把一个人变成啥样。但我没有摸过，槽上的牛，圈里的羊，我都一个个摸遍了，我知道它们的模样。但人全是黑的，我想不出他们的模样。连他们的名字都是黑的。

好多年前，眼睛刚瞎的时候，我抱过韩三家的小女孩，那时她刚会走路，我从她的小脚丫，一直摸到头发，她的小嘴嘴、耳朵和鼻子。后来我常听见她的声音，开始她的声音从一米高处传来，后来她的声音离地面越来越高，也越好听，我知道她变成一个大姑娘了。她再不会让我摸她，她也不会知道自己小时候被一个瞎子摸过。她是我瞎了以后唯一看见的一个人。现在她已经结婚,每晚被另一个人抚摸。那个人抚摸她时,一定也像我们瞎子一样闭着眼睛。

每个村庄都有一个瞎子、一个聋子和一个瘸子。还有一个傻子,一个哑巴。这是安排好的,就像必须有一个村长,一个会计,一个出纳一样。我去过的村庄都是这样。一个村庄里,总有一个人啥都听不见,一个人摸黑走路,一个人啥都听见看见了,却半个字都说不出来。而另一个人,整天歪着脖子,白眼仁望天,满嘴胡话。

村庄用这种方式隐瞒一些东西,让一些人变聋、变哑、变瞎、变傻。而大多数正常的人,又不知道这些瞎子哑巴聋子到底听见了什么,看见什么,还有永远说不出来的话到底是什么。到最后,有眼睛的人会相信瞎子看见了真实。聋子听到了真音。哑巴没说出来的话,正是我们最想听的。

一年四季,哑巴都在挖渠,起粪,打土墙,这是村里最累的活儿。哑巴有苦说不出,有乐也说不出。

聋子天天钻在人堆里。村里有一个聋子,每个人说话的声音都会抬高五丈。跟聋子说话,就像跟一个十里外的人说话,要使劲喊。聋子说话也在喊,他自己的声音仿佛也在十里之外。

傻子只干一件事,傻笑,歪着头看天,把飞过村子的鸟都看怕了。

瞎子被安排在黑暗库房搓草绳。瞎子不怕黑。

我在另一个村庄遇见一个瞎子，生下来就瞎了。那时我不知道该往哪走，四周全黑黑的，仅眼前村庄里一点点亮。不知怎么的，我突然来到一个不认识的村庄，房子零散地堆在地上，房舍间全是矮土墙围成的土巷。有一个黑影坐在土墙上，我走近时看见他的眼睛白白的，反着月光。

我问，穿过村庄往哪走会有路。

他说，我不知道你说的路是啥样子。我一直溜墙根走。难道你也是个瞎子，咋不找个有眼睛的人问路。

我说，在黑夜里有眼睛的人也都是瞎子。他们啥都看不到，也就啥都不知道。不像你，已经习惯黑，不害怕黑了。

瞎子说，我一直听你们说黑。我要能看见黑就好了。我连黑都看不见。我一直不知道你们说的黑是什么。

瞎子说完后天更黑了。我静悄悄蹲在地上，我要等天亮了再走。等着等着我睡着了，以后天再没亮。或许天亮以后那段生活被别人过掉了。我在那里只看见了黑，不知道人们说的天亮是什么。那个村庄的天，可能从来没有亮过。

赌徒

"下一阵风会吹落树上的哪片叶子。"

"吹落的叶子会飘到哪个村庄哪片荒野。"

每年七月,从第一茬麦子打下后,贩运粮食、盐、皮货的马车便一辆接一辆到达虚土庄。其实不会很多,每年都是那几辆马车经过,许多年后人们回想起来,似乎许多马车接连不断地经过庄子。马车在村头的大胡杨树下歇脚。马拴在暴露的老树根上,车停在树荫下。树的左边是杨三寡妇的拉面馆。右边是赌徒赵香九的阴阳房,半截露出地面。

赶车人一般都会住些日子。他们都是做顺风买卖的,有人在等一场风停,有人要等一场风刮起来。那些马车车架两边各立一根高木杆,上面扯着麻布,顺风时麻布像帆一样鼓起。遇到大风,车轮和马蹄几乎离地飞驰,日行百里,风停住车马停住。

　　虚土庄是风的结束地。除了日久天长的西北风，许多风刮到这里便没劲了，叹一口气扑倒在村子里。漫天的尘土落下来，浮在地面。顺风跑的车马停住。这片荒野太大了，一场一场的风累死在中途。村子里的冯七爷跑了大半辈子顺风买卖，许多风是他掀起来的，在人们的印象中，他放羊一样放牧着天底下的大风，一场一场的风被他吆到天边又赶回来。

　　等风的日子车户们坐在树下，终日无事。不会有几个人，更多时候树下只一辆车，两个人——车户和赌徒赵香九。冯七爷的马车这时节在远处，顺风穿过一座又一座别人的村子。虚土庄的世界由赵香九撑着。他的两张赌牌扣在地上，牌的背面画一棵树，正面各写一句话。赵香九翻开第一张牌。纸牌很大。他翻开时仿佛感觉到一场大风正在远处形成，不断向这个村庄，向这棵大树推进。

　　"风会刮落树上的哪片叶子。"

　　每片叶子上都压着一头牛或一麻袋麦子的赌注。车户大多是赌徒，仰脸望着树，把车上的麦子押在一片金黄闪亮的叶子上。

　　风说来就来，先吹动树梢，再摇动树枝。整棵树的叶子哗哗响。仿佛风在洗牌。车户在无数棵树下歇过脚，仰面朝天，盯着那些树叶睡着又醒来，自然清楚哪些叶子会先落，哪些后落。这样的赌，车户一般会赢。他押注的那片叶子，似乎因为一麻袋麦子的重量而坠落下来。车户轻松赢得第一局。

接着，赵香九翻开第二张牌。往往在第一局见分晓时，骤然大起来的风掀开第二张纸牌。车户看见上面的字：

"刮落的叶子会被风吹向哪个村庄哪片荒野。"

所押的注是十麻袋麦子，外加一辆车三匹马。几乎是车户全部的家当。

车户对这片荒野了如指掌，自以为熟知那些叶子的去向和落脚处。一年四季，车户伴着飘飞的叶子上路。有时他们的车马随着满天的尘土草叶一同到达目的地，叶子落下车停下。有时飘累了的叶子落在一片沙梁，由于荒无人家，车户还得再赶一段路。第二天，或第三天，那些叶子又被另一场风卷起，追上他们。车户在一场一场的风里，把一个村庄的东西贩运到另一个村庄，赚个差价。十麻袋麦子，从虚土庄贩到柳户地，跑三四天，赚一麻袋多麦子。除掉路上花费，所剩无几。车户从一片轻轻飘起的叶子上，看见他好几年才能挣来的财富。这样的赌谁会错过。一旦赢了，车马租给别人，下半辈子就可以躺下吃喝了。

赵香九同样熟悉这片荒野，他甚至追着好几场风去丈量过它的长度，亲眼看到那些风怎样刮起又平息。对头顶这棵大胡杨树的叶子，他闭着眼都能说出哪片先落。

每年八九月，树最底层的叶子开始黄。那时节没有大风。叶子被鸟踏落，被微风摇落，坠在大树底下。乘凉的人坐在落叶上。赶到树中层的叶子黄落时，漫长的西风开始刮起。这时的风悠长却无力，顶多把树叶刮过村庄，刮到河湾东边的荒滩。等到十月十一月,树梢的叶子黄透,西风也在漫长的吹刮中壮实有力了。树梢的叶子薄而小,风将它吹起来,一直飘过三道河,到达沙漠深处。赵香九真正渴望的是第二局。他往往把第一局让给车户。在骤然大起的西风里,让第二局顺利开始。

"这片叶子会飘到三道河之间的柳户地。"先是车户说一个地方。

两人在落下那片树叶的阴阳面,各写上自己的名字。无论车户说多远。赵香九都会说一个更远的地方。

叶子被放入风中。

他们骑上各自的马。风越刮越大。旋起的叶子在空中飘浮一阵,像和树依依作别。车户和赵香九也回头望一眼留在树下的车、房子。然后,随一片飘飞的叶子飞奔而去。

如果他们在这场风中没追上那片叶子,后一场风会将它刮得更远。也会遇到相反的一场风,将他们眼看追上的叶子卷上高空,刮过头顶飘回到出发的地方。俩人被扔在荒野中,无奈地打马回返。这种情景少极了。往往是叶子远远飘过他们所说的地方。车户根本没想到一片叶子会把他带到难以想象的远方。他原以为顶多贩一趟粮食的天数,他就会追上那片叶子。但他们跑了五天五夜,到达三道河之间的柳户地时,却没找到那片叶子。

他们在柳户地住了一天,找遍两河之间的每一寸土。荒原上的风很少拐弯，叶子不会偏离风向太远。只要他们顺着风向找，叶子会出现在人左右目击的地方。这片荒野少有草木，多少年的风已将它吹刮得干净平坦。一片叶子很容易被看见。他们还问了几个当地人，有没有看见一片写了字的叶子飘下来。

柳户地是一个季节性的小集市。麦收后交易麦子，瓜熟时卖瓜，地里没东西时，它也成为一片无人的空地。那里的人这阵子整天忙着看秤砣秤星，谁会有空朝天上望呢。不过，一个白胡子老汉说，昨天傍晚他过最后一秤苞谷时，突然秤杆动了一下，一看，一片胡杨叶子落在麻袋上。不过上面没写字。他又抬头看天，一片叶子正飘过去，满天空红红的，那片叶子也染成红色。他觉得好看，就多望了一阵。那时地上的风停了，可能高空的风还没停，因为云还在移动。他告诉车户和赵香龙，现在正刮的这场风是昨天后半夜兴起的。你们在路上可能不知道，那场你们追赶的风在这地方歇息半夜又起程了，它变成另一场风。风向也偏北了一点，不过那片叶子，有没有字他没看清。他一直看着它飘进一片红云。

"那它肯定落到沙漠边了。"赵香九说。

车户却不以为然。他相信那片叶子会飘过河东边的沙漠边，一直飘进茫茫沙漠。

事实也是这样。那片叶子既没落在车户押注的柳户地，也没落在赵香九押注的沙漠边。两人都没赢。也都没输。

接下来的选择是,他们要么空手回去,另选一片叶子再赌,要么接着赌这片叶子。

俩人自然选择了后者。

因为他们对前方的地域一无所知,根本无法知道那片叶子会飘到哪里。赌注只有押在叶子落地的阴阳面上。车户认为叶子落地时会跟它在树上时一样,阴面朝下。而赵香九则认为叶子一直阴面朝下生长,它会借着坠落、借着一场风改变一下自己。

赌注会在奔走的路上越押越大。随着路途的艰辛和遥遥无期,两人都觉得最初的赌注不足以让他们付出如此巨大的代价,便不断再往上押钱、地、女人、房子。每当他们走得晕头转向,快要失去信心时,便会停下来,再次增加筹码。开始押自己已有的财产,后来押自己后半生可能会有的财产。到后来实在无物可押时,两人都押上了各自的命。

"如果我输了,下半生带着所有的家产和老婆孩子,给你当牛做马。"赵香九说。

"如果我输了,也跟你说的一样。"车户说。

他们追赶到沙漠中一片小平原时,几乎就要追上那片叶子了。呼啸的秋风却带来了入冬的第一场雪。所有的树叶被埋住。两个人站在白茫茫的雪野中,前后不着村店。天气猛然变得寒冷。幸好马背上的粮食还充裕。两人商定,在平原上挖一个地窝子住下,等冬天过去,明春雪消了再继续找。反正那片叶子再不会飞走,肯定就在这片平原上。雪消后叶子会潮湿，不易被风吹起。他们有可能在那时候找到它。

当然，意外的情况也时时存在。一片飘落的叶子，有可能让冬天拱雪觅食的动物吃掉，让鸟衔去做了窝，让老鼠拖进洞穴当了被褥。也可能被一场秋雨洗净上面的字，跟万万千千落叶没有区别。

反正，他们追得越远，那片叶子越容易被追丢。它不在天上，也不在地上。满天地都飘落着各种草木的叶子，他们最后的结局往往是，在不断转向的风中迷失方向，空手而归。

大胡杨树后面有一片地窝子，住着好几个老掉的外乡人。他们都是追一片叶子追老的，早忘了自己要去哪儿，什么事在远方等着自己。记起来也没用了，人已经老掉了，再挪不动半步。当年的车马粮食输得一干二净。有些是真输了，多数人在追赶一片叶子的路途中耗尽积蓄，最后只剩下一大把年纪。

他们依旧在第一片叶子黄落时，聚集在树下赌博。

"下一阵风会吹落树上的哪片叶子。"

直到最后一片叶子被风吹落。他们依旧坐在光光的树下。

"吹落的叶子会飘到哪个村庄哪片荒野。"

他们几乎赌完每一片叶子的去向，他们都追赶一片飘落的叶子走遍了整个大地，知道大风刮过的那些河流、村庄和荒野的名字。用不着挪动脚步，叶子会飘向哪里他们都能说得清清楚楚。

在他们无休的争吵里，叶子飘过荒野或坠落村庄。叶子几乎到达他们能想象到的所有地方。然后,是他们想象不到的无边大地,叶子在那里悬浮,犹豫。往往在他们想象的尽头,季节轮转,相反的一场风刮过来,那些叶子踏上回返之途。

冯三

人的名字是一块生铁，别人叫一声，就会擦亮一次。一个名字若两三天没人叫，名字上会落一层土。若两三年没人叫，这个名字就算被埋掉了，上面的土有一铁锨厚。这样的名字已经很难被叫出来，名字和属于他的人有了距离。名字早寂寞地睡着了。或朽掉了。名字下的人还在瞎忙碌，早出晚归，做着莫名的事。

冯三的名字被人忘记五十年了。人们扔下他的真名不叫，都叫他冯三。

冯三一出世，父亲冯七就给他起了大名：冯得财。等冯三长到十五岁，父亲冯七把村里的亲朋好友召集来，摆了两桌酒席。

冯七说，我的儿子已经长成大人，我给起了大名，求你们别再叫他的小名了。我知道我起多大的名字也没用。只要你们不叫，他就永远没有大名。当初我父亲冯五给我起的名字多好：冯富贵。可是，你们硬是一声不叫。我现在都六十岁了，还被你们叫小名。我这辈子就不指望听到别人叫一声我的大名了。我的两个大儿子，你们叫他们冯大、冯二，叫就叫去吧，我知道你们改不了口了。可是我的三儿子，就求你们饶了他吧。你们这些当爷爷奶奶、叔叔大妈、哥哥姐姐的，只要稍稍改个口，我的三儿子就能大大方方做人了。

可是，没有一个人改口，都说叫习惯了，改不了了。或者当着冯七的面满口答应，背后还是冯三冯三地叫个不停。

冯三一直在心中默念着自己的大名。他像珍藏一件宝贝一样珍藏着这个名字。

自从父亲冯七摆了酒席后，冯三坚决再不认这个小名，别人叫冯三他硬不答应。"冯三"两个字飘进耳朵时，他的大名会一蹦子跳起来，把它打出去。后来冯三接连不断灌进耳朵，他从村子一头走到另一头，见了人就张着嘴笑，希望能听见一个人叫他冯得财。

可是，没有一个人叫他冯得财。

冯三就这样蛮横地踩在他的大名上面，堂而皇之地成了他的名字。已经五十年了，冯三仍觉得别人叫他的名字不是自己的。夜深人静时，冯三会悄悄地望一眼像几根枯柴一样朽掉的那三个字。有时四下无人，冯三会突然张口，叫出自己的大名。很久，没有人答应。冯得财就像早已陌生的一个人，五十年前就已离开村子，越走越远，跟他，跟这个村庄，都彻底地没关系了。

为啥村里人都不叫你的大名冯得财。一句都不叫。王五爷说，因为一个村庄的财是有限的，你得多了别人就少得，你全得了别人就没了。当年你爷爷给你父亲起名冯富贵时，我们就知道，你们冯家太想出人头地了。谁不想富贵呀。可是村子就这么大，财富就这么多，你们家富贵了别人家就得贫穷。所以我们谁也不叫他的大名，一口冯七把他叫到老。可他还不甘心，又希望你长大得财。你想想，我们能叫你得财吗。你看刘榆木，谁叫过他的小名。他的名字不惹人。一个榆木疙瘩，谁都不眼馋。还有王木叉，为啥人家不叫王铁叉？木叉柔和，不伤人。

虚土庄没有几个人有正经名字，像冯七、王五、刘二这些有头面的人物，也都一个姓，加上兄弟排行数，胡乱地活了一辈子。他们的大名只记在两个地方：户口簿和墓碑上。

你若按着户口簿点名，念完了也没有一个人答应，好像名字下的人全死了。你若到村边的墓地走一圈，墓碑上的名字你也不认识一个。似乎死亡是别人的，跟这个村庄没一点关系。

其实呢，你的名字已经包含了生和死。你一出生，父母请先生给你起名，先生大都上了年纪，有时是王五、刘二，也可能是路过村子的一个外人。他看了你的生辰八字，捻须沉思一阵，在纸上写下两个或三个字，说，记住，这是你的名字，别人喊这个名字你就答应。

可是没人喊这个名字。你等了十年、五十年。你答应了另外一个名字。

起名字的人还说，如果你忘了自己的名字，一直往前走，路尽头一堵墙上，写着你的名字。

不过，走到那里已到了另外一个村子。被我们埋没的名字，已经叫不出来的名字，全在那里彼此呼唤，相互擦亮。而活在村里的人互叫着小名，莫名其妙地为一个小名活了一辈子。

树上的孩子

我天天站在大榆树下,仰头看那个趴在树上的孩子。我不知道他的名字。也许没有名字。他的家人"呔、呔"地朝树上喊。那孩子听见喊声,就越往高爬,把树梢的鸟都吓飞了。

村里孩子都爱往高处爬。一群一群的孩子,好像突然出现在村子,都没顾上起名字。房顶、草垛、树梢,到处站着小孩子,一个离一个远远的。大人们在下面喊:

"呔,下来。快下来。"

"下来给你糖吃。"

"看,老鹰飞来了,把你叼走。"

"再不下来追上去打了。"

好多孩子下来了。那个年龄一过,村庄的高处空荡了,草垛房顶上除了鸟、风刮上去的树叶，和偶尔一个爬梯子上房掏烟囱的大人，再没什么了。许多人的头低垂下来。地上的事情多起来。那些早年看得清清楚楚的远山和地平线，都又变得模糊。

只有那个树上的孩子没下来，一直没下来。他的家人把各种办法用尽了。父亲上去追，他就往更高的树梢爬。父亲怕他摔下来，便不敢再追。他用枝叶在树上搭了窝，母亲把被褥递上去，每天的饭菜用一个小筐吊上去。筐是那孩子在树上编的。那棵榆树长得怪怪的，一根磨盘粗的独干，上去一房高，两个巨杈像一双手臂向东斜伸过去。那孩子趴在北边的树杈，南边的杈上落着一群黑鸟，"啊、啊"地叫，七八个鸟巢筑在树梢。

我不知道那孩子在树上看见了什么。他好像害怕下到地上。

村里突然出现许多孩子，有的比我大，有的比我小，不知道从哪儿来的。多少年后他们长成张三、韩四，或刘榆木，我仍然不能一一辨认出来。我相信那些孩子没有长大，他们留在童年了。长大的是大人们自己，跟那些孩子没有关系。不管过去多少年，只要有人回去，都会看见孩子们还在那里，玩着多少年前的游戏，爬高上低，村庄的房顶、草垛、树梢，到处都是孩子。

"上来。快上来。"

只要你回去，就会有一个孩子在高处喊你。

只有那个树上的孩子被我记住了。有一天他上到一棵大榆树上，就再不下来。他的家人天天朝树上喊。我站在树下，看他看地上时惊恐的目光。地上究竟有什么，让他这样害怕。一定有什么东西被他看见了。

我记不清他在树上待了多久，有半个夏天吧。一个早晨，那个孩子不见了，搭在树梢的窝还在，每天吊饭的小筐还悬在半空，人却没有了。有人说那孩子飞走了，人一离开地就会像鸟一样长出翅膀。也有人说让老鹰叼走了。

多少年后我想那个孩子，觉得那就是我。我五岁时，看见他趴在树上，十一二岁的样子。他一脸惊恐地看着地上，看着时而空荡，时而人影纷乱的村庄。我站在树下盯着他看，他也盯着我，我觉得那个树上的目光是我的。我十一二岁时在干什么呢。我好像一直没走到那个年龄。我的生命在五岁时停住了。剩下的全是被别人过掉的生活。多少年后我回来过我的童年，那棵榆树还在，树上那孩子搭的窝还在。他一脸惊恐地目睹的村子还在。那时我仍不知道他惊恐地上的什么东西。我活在自己看不见的恐惧中。那恐惧是什么，他没告诉我。也许他一脸的恐惧已经把什么都告诉我了。

我五岁时看见自己,像一群惊散的鸟,一只只鸣叫着飞向远处。其中有一只落到树上。我的生命在那一刻,永远地散开了。像一朵花的惊恐开放。

一朵花向整个大地
开放自己

我记住临近秋天的黄昏，天空逐渐透明，一春一夏的风把空气中的尘埃吹得干干净净。早黄的叶子开始往远处飘了。我的母亲，在每年的这个时节站在房顶，做着一件我们都不知道的事。

她把油菜种子绑在蒲公英种子上，一路顺风飘去。把榆钱的壳打开，换上饱满麦粒。她用这种方式向远处播撒粮食，骗过鸟、牲畜，在漫长的西风里，鸟朝南飞，承载麦粒、油菜的榆钱和蒲公英向东飘，在空中它们迎面相遇。鸟的右眼微眯，满目是迅疾飘近的东西，左眼圆睁，左眼里的一切都在远去。

我很早的时候，看见母亲等候外出的父亲，每个黄昏她做好晚饭等，铺好被褥等。我们睡着后她望着黑黑的屋顶等。我不知道远去的人中哪个是我的父亲。我不认识他。偶尔的一个夜晚他赶车回来，或许是经过这个有他的家和孩子的村庄。在我迷迷糊糊的梦中，听见马车吱进院子，听见他和母亲低声说话。他卸下几袋粮食装上几张皮子，换上母亲纳的新鞋，把他穿破的一双鞋脱在炕头。在我们来不及醒来的早晨，他的马车又赶出村子上路了。出门前他一定挨个地抚摸我们的头，从土炕的这边到那边，他的五个孩子，没有一个在那时候醒来，看他一眼，叫声爹。他走后的一年里，这个土炕上又会多一个孩子。每次经过村庄他都会让母亲再一次怀孕，从他离开的那一夜起，母亲的身体会一天天变重。她哪都去不了。我的母亲，只有在每年的五月，榆钱熟落时，成筐地收拾榆树种子。她早早把榆树下的地铲平，扫干净，等榆钱落了厚厚一层，便带我们来到树下。那时东风已刮得起劲了。我们在沙沙的飘落声里，把满地的榆钱扫成堆，一筐筐提回家。到了六月，早熟的蒲公英开始朝远处飘了。我的母亲，赶在它们飘飞前，把那些带小白伞的种子装进布袋，她用它给儿女们做枕头，让她的孩子夜夜梦见自己在天上飞，然后，她在早晨问他们看见了什么。

许多事情他们不知道。母亲，我看你站在高高的房顶，手一扬一扬，仿佛做着一件天上的事。风吹种子。许多事情没有弄清。一棵蒲公英只知道它的种子随风飘起，却不知道每一颗都落向哪里。第二年春天，或夏天，有没有它们落地扎根的消息随风传来。就像我们的亲人，在千里外的甘肃老家,收到我们在虚土庄安家的消息。

那些信上说,我们已经在一道虚土梁上住下来,让他们赶紧来,我们在梁上等他们。虚土梁是一个显眼的高处,几十里外就能看见我们盖在梁上的房子,望见我们一早一晚的炊烟。

信里还说,我们在梁上顶多等五年。顶多五年,我们就搬到一个更好的地方。

他们说等五年的时候,只想到五年内故乡的亲人有可能到齐,地里的余粮够重新上路,房后的榆树长到可以做辕木。

可是,栽在屋前的桃树也会长大,第三年就开花结果。那些花和果会留人。今年的桃子吃完了,明年后年的鲜桃还会等他们。等待人们的不仅仅是远处的好地方,还有触手可及的身边事物。

一年年整平顺的地会留人,走熟的路会留人,破墙头会留人。即使等来的老家亲人,走到这里也早筋疲力尽,就像当初人们到来时一样,没有往前走的一丝力气。

不过,等到真正动身了,人就已经铁了心,什么东西都留不住了。铃铛刺撕扯衣襟也没用,门槛绊脚也没用,泪水遮眼也没用。

关键是人没动身之前,下午照在西墙的一缕阳光,就把人牢牢留住。长在屋旁一棵小草的浅浅花香,就把人永远留住。

蒲公英从五月开始播撒种子。那时早熟的种子随东风飘向西边的广阔戈壁。到了七月南风起时，次熟的种子被刮到沙漠边的灌木丛，或更远的沙漠腹地。八九月，西风骤起，大量熟落的种子飘向东边的干旱荒野。十月，北风把最后的蒲公英刮向南山。南山是蒲公英最理想的生栖地。吹到北沙漠的种子，也会在漫长的漂泊中被另一场风刮回来，落在水土丰美的南山坡地。

一年四季，一棵生长在虚土梁上的蒲公英，朝四个方向盛开自己。它巨大的开放被谁看见了。在一朵蒲公英的盛开里，我们生活多年。那朵开过头顶的花，覆盖了整个村庄荒野。那些走得最远的人，远远地落在一朵飘飞的蒲公英后面。它不住地回头，看见他们。看见和自己生存在同一片土梁的那些人，和自己一样，被一场一场的风吹远。又永远地跑不快跑不远。它为他们叹息，又无法自顾。

一粒种子在飘飞的路途中渐渐有了意识，知道自己要往哪去，在哪扎根。一粒种子在昏天暗地的大风中睁开眼睛，看见迅疾向后飘移的荒漠大地，看见匍匐的草、疯狂摇晃的树木，看见河流、深陷荒野的细细流水和向深扩展的莽莽两岸，看见一片土坡上艰难活命的自己，一根歪斜的枝，几片皱巴巴的叶子。看见秋天从头顶经过，风声枯涩，带走夏天时就已坠地的几片黄叶——这就是我的命啊。一粒种子在落地的瞬间永远地闭上眼睛。从此它再看不见自己。不知道自己是否发芽，是否长出叶子，是否未落稳又被另一场风刮走。

它的生长，只是一场不让自己看见的黑暗的梦。

这就是一棵草。

它或许永远不知道自己怎样活着。它的叶子被一只羊看见，被飘过头顶的一粒自己的种子看见。

就在人们待在村里，梦想着怎样远走的那些年，一群鸟一次次飞到南方又回来。一窝蚂蚁，排起长队，拖家带口迁徙到戈壁那边的胡杨绿地。连爬得最慢的甲壳虫，也穿过荒滩去了趟沙漠边。每一朵花都向整个大地开放了自己。

这样的夜晚有两个天空。一个星云密布,飞机轰隆隆地穿行其间,越飞越远。而我做梦的天空飞机还没有出世,整个夜空只有我在飞。

第三部分 | 飞机配件门市部

飞机配件门市部

一

我在网上看到一篇博文,说新疆大盘鸡是我发明的。博主叫"飞行员",自称是我早年的朋友,二十多年前的一天,他从乌鲁木齐到我家做客。正是秋天,门前菜园的蔬菜都长成了,院子里养的鸡娃子也长大了。我妻子很热情地宰了一只鸡,摘了半盆青辣子,整只鸡剁了跟辣子炒在一起,里面还加了土豆、芹菜,盛在一个大盘子里端上来。他从来没见过这种吃法,就问这叫什么菜?我脱口说出"大盘鸡"。

那时这一带的饭馆都有炒鸡的,有叫辣子鸡,有叫爆炒小公鸡,都不叫大盘鸡。他说我把"大盘鸡"这个名字叫出来后,所有的鸡都整个地跟辣子炒了,都装在大盘里,都开始叫大盘鸡。

我在相册中看见一张旧照片上头戴飞行帽的博主，站在一架很老式的小飞机下面，冲着我笑。他是我的朋友旦江。早年我在沙湾城郊乡当农机管理员时，他在首府开飞机，是我们县出去的唯一一个飞行员。多年不见的朋友在网上遇见，就像在梦中梦见一样。我和旦江的认识也像一场梦，我那时早就知道每天头顶过往的飞机中，有一架是我们县的旦江开的。但我从来没想过会认识旦江。那个时候，认识一个汽车驾驶员都觉得风光得很，谁会想到认识飞机驾驶员。可是，我妻子金子的同学帕丽跟飞行员旦江结婚了。帕丽在县电影院上班，是金子最好的朋友。有一天，帕丽把飞行员旦江带到我家，我和旦江吃着金子炒的大盘鸡，喝了两瓶金沙大曲，很快成了好酒友。以后旦江只要回沙湾，帕丽就带着他来我家，金子每次都炒大盘鸡，我和旦江你一杯我一杯喝到半夜。后来我到乌市打工时，旦江已经转业到一个旅游公司当办公室主任。有一阵子旦江家就是我的家，我经常去他家混饭吃。金子来乌市时我们也一起住他家。帕丽和旦江都是好热闹的人，常在家里招待朋友喝酒。旦江家的酒宴，直到有一天帕丽出车祸下身瘫痪。那时金子已经调到乌市工作，我们在城里有了自己的家。金子依旧常去看帕丽，每次都买一只鸡带去，给帕丽炒大盘鸡吃。我却因为忙很少去他们家了。只听金子说帕丽瘫痪后，旦江办公室主任不干了，值夜班给公司看大门，这样白天可以在家照顾帕丽。

　　我在旦江的博文中没看到有关帕丽瘫痪的事，有几篇文章写他早年的飞行经历，一篇写到他开飞机飞过家乡沙湾的情景，他违章把飞机高度降低，几乎贴着县城飞过。他本来想从自己家房顶飞过，但整个县城的房顶看上去都差不多，他从天上没找到自己的家。

旦江的文章一下把我带回到二十多年前那个小县城。我问金子要来旦江家电话，拨号时突然觉得这个号码是多么熟悉，好多年前我曾背熟在脑子里。

我说，旦江你好吗，听出我是谁了吗？

旦江说，你的声音我能忘掉吗？你现在成名人了，把老朋友都忘记了。

我说，我看到你的博客了，你在那里胡说啥，大盘鸡怎么是我发明的？

旦江说，大盘鸡就是你发明的。你干了这么大的事你都忘了吗？

旦江的口气非常坚定。他说每次吃大盘鸡，他都自豪地给朋友介绍大盘鸡是我发明的。他写的博文也早在网上流传开了。

旦江的话让我有点恍惚，那是二十多年前的事了。我只记得大盘鸡刚兴起那会儿，我在城郊乡农机站当管理员，开了一个农机配件门市部，我是否发明过大盘鸡，真的记不清了。我从十九岁进农机站工作，到三十岁辞职外出打工，到现在近二十年的时间，我干过多少重要的事情都忘记了，包括是否真的发明过大盘鸡。可是，我开农机配件门市部这件事却一直记得。那是我年轻时干的最隐秘的一件事，到现在都没有人知道，我挂着卖农机配件的牌子，开了一家飞机配件门市部。

二

　　每天有飞机从县城上空飞过，从我的农机配件门市部房顶飞过。我住的县城在一条飞机路下面。我注意到天上有一条飞机路是在开配件门市部以后。门市部开在城东，那里是三条路的交会点，从东边南边北边到县城的路，都会到这里。我看到飞机的好几条路也在头顶交会。由此我断定飞机是顺着地上的路在飞，因为天上并没有路，飞机驾驶员盯着地上的路飞到一个又一个地方。这个发现让我激动不已，我本来想把我的发现告诉单位的老马，老马说他坐过飞机，不知是吹牛还是真的。我和老马骑自行车下乡，头顶一有飞机过，老马就仰头看，然后对我说，他坐过的就是这种飞机，或者不是。老马能认出天上飞机的型号，就像一眼看出拖拉机的型号一样，这让我很是佩服。有几次我都想问老马，他坐在飞机上是否看见下面有一条路。但我没问。我觉得飞机顺着地上的路在飞，这肯定是一个重大的秘密。如果我说出去，大家都知道了飞机沿着地上的路在飞，飞机就飞不成了。因为飞机是有秘密的。没有秘密的东西只能在地上跑，像拖拉机。拖拉机没啥秘密，我是管拖拉机的，知道它能干啥，不能干啥。尽管我时常梦见拖拉机在天上飞，那都是我在驾驶，我的梦给了拖拉机一个秘密，它飞起来。飞机的秘密注定是我们这些人不能知道的，那是天上的东西，即使被我这样的聪明人不小心知道了，我也要装不知道。给它保住密。

我跟飞机的秘密关系就这样开始了,虽然我没坐过飞机,连飞机场都没去过,但我知道了飞机的一个大秘密,它顺着地上的路在飞。我们天天行走的路原来有两层,下面一层人在走车在跑,上面一层飞机在飞。地上的人除我之外都只能看到一层,看不见第二层。有时我往西走,看见一架飞机在头顶,也往西飞。我就想,我要一直走下去,会追上这架飞机。但我不会追它,我不是傻子。我们县上有一个傻子,经常仰着头追飞机,顺着路追。我不清楚他是否也知道飞机沿着路飞的秘密。他后来被车撞死了。

飞机飞来时路上的行人都危险,因为好多开车的司机头探到驾驶室外看飞机,骑自行车的人仰头看飞机,这时地上的路只有飞机驾驶员在看。我知道飞行员在隔着舱窗看路,就故意挺直胸脯,头仰得高高,不看飞机,很傲气地望更高处的云和太阳,我想让飞机上的人看见我的高傲,知道路上走着一个不一样的人。

我确实是一个不一样的人,在我二十岁前后那些年,我跟这里所有的人都不一样。后来就一模一样了。

三

星期天,金子带着帕丽来到配件门市部,自行车停在门口,两人站在墙根望天。金子说,帕丽的飞机要过来了,旦江给帕丽打电话了,他今天开飞机去伊犁,路过沙湾。

我早知道帕丽的男朋友是飞行员。帕丽经常给金子说旦江开飞机的事,晚上金子又把帕丽的话说给我。旦江一年到头回不来,旦江开的飞机却经常从县城上空飞过。全县城的人都知道我们这里出了一个飞行员,他开的飞机经常从县城上空飞过,这是帕丽告诉大家的。帕丽经常带着朋友看飞机,好多人把旦江开的那架飞机记住了,一听见飞机的声音就说,看,帕丽的飞机过来了。帕丽带着朋友在县城许多地方看飞机,到我的农机配件门市部前面来看是第一次。金子说,她让帕丽到这里来看的,她跟着帕丽到好多地方看过飞机,都没有城东这一块飞机多。

金子很少来配件门市部,她不喜欢店里机油黄油柴油还有铁生锈的味道。那就是一台破拖拉机的味道。金子不喜欢拖拉机,不喜欢满身油污的拖拉机驾驶员到家里来。尽管拖拉机驾驶员都不空手上门,不是提一壶清油,就是背半袋葵花籽。那些驾驶员坐在她洗得干干净净的沙发单上,跟我说拖拉机的事。金子不爱听,就到门前的菜园收拾菜地。配件门市部开张后金子只来过有数的几次,她怎么知道这一块天空飞机最多呢?

金子说听见飞机声音了,喊我出去。飞机先是声音过来,天空隆隆响,声音比飞机快,从听到声音到看见飞机,还得一阵子。我把路对面的小赵、路拐角的饭馆姚老板,还有电焊铺的王师傅都叫出来,一起看飞机。隆隆声越来越大,东边的半个天空都在响。飞机的声音只有链轨拖拉机能和它比。飞机就是天上的拖拉机,一趟一趟地犁天空。早年我写过一首叫《挖天空》的诗，在那首诗里，我的父亲母亲，还有一村庄人都忙地里的活儿，我举着铁锨，站在院子里挖天空。我想象自己在天上有一块地。后来我看见了飞机，知道天上已经没我的事了。

帕丽尖叫起来，说来了来了，我们往帕丽指的天空看，一个小黑点在移动，帕丽使劲朝小黑点招手，金子也跟着招手，还尖着嗓子喊，飞机在她们的招喊声里很快飞到头顶，飞机从头顶过的时候，我感觉它停住了，就像班车停在路上等客一样。帕丽挥着红丝巾跳着喊旦江旦江，金子也跳着喊，好一阵子，飞机一动不动停在头顶。

我说，帕丽，你看旦江把飞机停下让你上去呢。

帕丽顾不上跟我说话，她仰着脸，挥着红头巾，本来就苗条的身体这下更苗条了。她的腿长长的，屁股翘翘，腰闪闪，胸鼓鼓，脖子细细，下巴尖尖，鼻子棱棱，眼睛迷迷，整个身体朝着天上。

飞机开始慢慢移动，要是没有那几朵云，几乎感觉不到飞机在移动。但一会儿，人的脖子就开始偏移。我看见帕丽的脸仰着，整个人都像一个梦幻。我就想，我一个人在梦中飞的时候，有没有一个人这样痴迷地仰着脸看呢。

帕丽的脸渐渐往西边扭过去的时候，飞机就小得剩下一点点了。帕丽说，她想爬到门市部房顶上看飞机，让我赶快搬梯子来。金子也让我赶快搬梯子。我磨蹭着说梯子在房东的院子里，不好搬。又说梯子坏了。说着说着飞机看不见了。飞机的声音还在，过一会儿声音也没有了。

四

我选择在城东开店是动了些脑子的。我们这里的人分动脑子和动身子两种。我身体不如别人强壮,但脑子多。这是老马说的。老马根据我和他下象棋的路数,知道我的脑子比他拐的弯多,我给他让一个车,他都老输。不过不久后老马又说,可惜你的脑子动偏了。老马嫌我的脑子没用在工作上,私自开一个农机配件门市部,经常不去单位上班。

我开店的城东是一个破烂的小三角地,路上坑坑洼洼,路边很早就有一家汽车修理铺,和一个电焊铺。我的农机配件门市部离它们有一截子路。我不喜欢那个电焊铺切割铁的声音,刺刺啦啦,活割肉一样。我在三岔路口的西面租了间里套外的房子,里面库房兼卧室,外面营业,房租每月六十元。这真是一个卖零配件的绝好地方,门口车流不断。经常有从乡下开来的拖拉机,突突突突开到这里坏掉。也有汽车、摩托车开到这里坏掉。那时候从乡下到县城的路都不好走,大坑小坑,那些破破烂烂的拖拉机,好不容易颠簸到县城边,就要进城了,一下坏掉。县农机公司在城西。农机修理厂也在城西。要在以前,坏车会被拖到城西修理。现在不用了,城东有我的配件门市部。开车的师傅提摇把子进来,问我有没有前轮轴承。我说有。问我有没有活塞。我说有。啥都有。都在库房里。库房远吗?不远。十分钟就拿来。

我骑摩托一趟子跑到城西县农机公司,花十几块钱买一个轴承，回来二十几块卖给等待修车的师傅。这些精密零配件只有农机公司有，农机公司零配件齐全。我的门市部摆放的大多是常用的粗配件，比农机公司的便宜，就是质量差一点，这个我知道。我进的是内地小厂子的货。正规厂家的配件我进不起，人家要现金。小厂子的货款可以欠。经常有推销农机配件的人，来到门市部，拿着各种农机配件样品，我跟推销员谈好价格，签一个简单的购销合同，不用付定金，过半个月，货就到了。再过一个月，推销员过来收款。前面的款结了，不合格的零配件退了，再进一批新货。有时钱紧张，货款还可以拖欠，越欠越多。两年后我的门市部卖掉时，还欠了一个河北推销员的一千多块钱。在以后的几年中，那个推销员找过我好多次，我的门市部关门了，他问对门理发店的小赵，小赵告诉他我们家住在园艺场，他找到园艺场，我大哥说我搬到县城银行院子了，找到银行院子，我岳父说我到乌鲁木齐打工去了。那几年，只要我回去，就能听到有关河北推销员在找我要货款的事。他们还告诉了我在乌鲁木齐打工的单位。我想着那个推销员也许找到我最早打工的广告公司，又找到后来打工的报社，我换单位的频繁肯定使他失去继续找下去的耐心，也许他还在找。而那些卖剩下的配件，也一直在园艺场的旧房子堆着。我也一直想找到这个推销员，他发给我的劣质转向杆弯头，因为断裂导致好几起车祸。有一起车祸是转向杆弯头断了，小四轮方向盘失灵，撞进渠沟，坐在车斗上的一个人当场摔死。车主找我麻烦，我说配件是厂家生产的，去找厂家。车主说就不找厂家就找你。我没办法。我也想找到那个推销员。我一直等着他找上门来，等得我都快把他忘记了。就在不久前，我竟然梦见了他，我开着小四轮拖拉机，拉着一车斗锈迹斑斑的劣质农机配件，去河北找这个推销配件的人，我找到生产配件的厂子，门口蹲着一个很老的人，说厂子早倒闭了，我觉得这个老人面熟，又想不起是谁。问合同上的推销员，那老头给我指了一个大山中偏远的村子。我开着小四轮往山里走，走几里坏一个零件，我不断地下来修理。坏的全是我车上拉的那个转向弯头，直到我把车上的弯头全换完，小四轮也没有开到地方。我茫然地坐在坏掉的拖拉机上，前后都是没有尽头的路，坐着坐着我醒来。

醒来我才想起来，那个坐在厂门口给我指路的老头，就是我要找的推销员，他曾多少次到配件门市部，跟我签了好多个购销合同。我在梦里竟然没认出他，反让他又骗了一次。

五

那是我一生中最清闲的几年，我在乡农机站当统计和油料管理员。统计的活儿是一年报两次报表——半年报和年度报表。这个活儿我早就干熟练了，不用动腿也不用动脑子，报表下来坐在办公室一天填完，放一个星期再盖上公章报到县农机局。农机站的公章我管。站长老马对我很放心。管公章是一件麻烦事,每天都有来开证明的驾驶员,那时去外面办个啥事都要开证明。马站长文化不高,字写得也不好,经常把证明开错,让驾驶员白跑一趟县城。后来他就让我写证明,写好递给他盖章。再后来就把公章交给我了。农机站有两个管用的章子,公章和我的私章,都在我手里。私章是在供油本上盖的,挂在我的钥匙链上,我经常不在办公室,我和老马都喜欢下乡,来办事的驾驶员就开着拖拉机四处找我们。大泉乡有十三个村子,西边七个,东边五个。驾驶员先开车到十字路口的小商店门前,打问我们朝哪个方向走了。小商店更像一个不炒菜的小酒店,门前一天到晚坐着喝散白酒的人,浓浓的酒味儿飘到路上。我和老马骑自行车路过,常有人喊马站长过去喝酒,老马知道下去有酒喝,就说不了,忙呢。

只要我们下到村里,拖拉机师傅马上把机器停了,不管是在耕地还是播种,都停了,剁鸡炒菜陪我们喝酒。驾驶员说得好,你们也不是经常来,耽误就耽误半天。酒喝到一半,听到突突的拖拉机声,办供油证的驾驶员找来了,他们在小商店门口打问清楚我们朝东走了,就在东边的几个村子挨个找,找到门口停着拖拉机的人家,就找到了。

春天播种时我们必须要下村里,检查工作的内容每年都不一样,有时是督促农民在种子中拌肥料,有时是让农民把单行播种改成双行,这就要改造或新购买播种机,过一年又重新改成单行。但有一个内容每年不变,就是让驾驶员必须把路边的庄稼都播直,这样苗长出来好看。

老马干这个工作很卖力,看到有驾驶员播不直,就亲自驾驶拖拉机播一趟。下来大声对驾驶员说,把眼睛往远里看,不要盯近处,盯着天边边上的云,直直开过去,保证能播直。驾驶员都佩服他。

我从来没开链轨车播过种,不知道照老马说的那样眼睛盯住天边的云一直开过去是什么感觉。那些年我的注意力都在天上。我写的那首叫《挖天空》的诗,发表在首府文学杂志上,好几年后我去乌鲁木齐,见到那个热心的杂志社编辑,她向同事介绍我说:这就是那个站在院子里,拿一把铁锨挖天空的人。

那是我写的许多天空诗歌中的一首。我天天看天,不理识地上的事情,连老马都埋怨我,嫌我工作不认真,懒。他不知道我这个乡农机站的统计员,在每天统计天上过往飞机的数字。

六

每天都有飞机从县城上空飞过。我把从东边来的飞机叫过去,从西边来的叫过来。我在笔记本上记今天过来一个,过去一个,别人看不懂我记的是什么。有时候过去三个,过来两个,一架过去没过来。我就想,那架飞机在西边的某个地方过夜,明天会多一架飞机过来。可是,第二天,过去三个过来三个,那架过去的飞机还没过来,我想那架飞机可能在西边过两天再过来，第三天那架飞机依旧没过来，第四天还是没过来，我就想那架飞机可能不过来了，一直朝过去飞，这样的话，它就再不过来。有些东西可能只过去不过来。

也可能它在什么地方落下来，就像拖拉机坏在路上。飞机不会坏在天上。它坏了会落下来。或者落在沙漠，或者落在麦田，或者落在街道。飞机太可怜了，它在地上可落的地方不多，除了机场，它哪都不能落。它没过来，肯定是落在哪了。

夜里过飞机，我会醒来，我从声音判断飞机是过来还是过去。有时我穿衣出去，站在星空下看。飞机的灯很亮，像一颗移动的大星星，在稠密的星星中穿行，越走越小，最后藏在远处的星星后面看不见。

如果我醒不来，飞机的声音传到梦里，我会做一个飞的梦。我从来没在梦里见过飞机，只做过好多飞的梦。一个梦里我赶牛车走在长满碱蒿的茫茫荒野，不知道自己往哪走，也许是在回家，但家在不在前方也不知道，只是没尽头地走。走着走着荒野上起黑风了，我害怕起来，四周变得阴森森，我听到轰隆隆的声音，像什么东西从后面撵过来，我不敢回头看，使劲赶牛，让它快跑。轰隆声紧跟身后，就要压过头顶了，牛车一下飞起来，我眼看见牛车飞起来，它的两个轮子在车底下空转，牛的四个蹄子悬空，我还看见坐在牛车上的我，脑门的头发被风吹向后面，手臂高高地举着鞭杆。隆隆的声音好像就在车厢底下，变成牛车飞起来的声音。

另一个梦里我开着链轨拖拉机播种，眼睛盯着天边的一朵云，直直往前开。这是老马指导驾驶员播种的动作。在梦里我的视线很弱,周围都迷迷糊糊。或许是梦把不相干的东西省略了,梦是一个很节省的世界。我努力往远处看的时候,那里的天和地打开了,地平平地铺向远处,天边只有一朵云。我紧握拖拉机拉杆,盯着那朵云在开,突然听见头顶隆隆的声音,一回头,发现拖拉机已经在天上,我眼睛盯住的地方是遥远的一颗星星,拖拉机在轰隆的响声里飞起来,后面的播种机在空中拉出直直的播行。

更多时候我自己在飞,我的手臂像飞机翅膀一样展开,额头光亮地迎着风,左腿伸直,右腿从膝关节处竖起来,像飞机的尾鳍。过一会儿又左右腿调换一下姿势。

我飞起来的时候,能明白地看见我在飞。看见带我飞翔的牛车和拖拉机车底的轮子。自己飞起来时我看见我脸朝下,仿佛我在地上的眼睛看见这些。我在天上的眼睛则看见地上。

那时我还没坐过飞机,也没有机会走近一架真飞机,我甚至没有去过飞机场,不知道飞机是咋飞起来的,我看见的飞机都在天上。我的梦也从不会冒险让我开不熟悉的真飞机,它让我驾驶着牛车和拖拉机在天上飞,那是我梦里的飞机。我这样的人,即使在做梦,也从来不会梦见不曾拥有过的东西。

只要做了飞的梦,我就知道夜里听见飞机的轰隆声了。飞机的声音让我梦中的牛车和拖拉机飞起来。飞机声越来越小的时候,我回到地上。有时在半空中梦突然中断,我直接掉落在床上,醒来望望窗外,知道有一架飞机刚刚飞过夜空。

我把跟飞有关的梦记下来。我喜欢记梦。我在农机站那几年，记满了一个日记本的梦。飞的梦最多。我经常梦见自己独自在天上飞，有时一只手臂朝前伸出，一只并在身边，有时像翅膀一样展开。腿有时伸平，有时翘起一只。我变换着各种姿势，让飞的样子尽量好看，我不知道谁会看见。我在天上飞时，一直没遇见飞机。那样的夜晚，飞机在远处睡觉，或者从来就没有飞机。或许一架飞机正在飞过，我被它的轰隆声带飞起来。这样的夜晚有两个天空。一个星云密布，飞机轰隆隆地穿行其间，越飞越远。而我做梦的天空飞机还没有出世，整个夜空只有我在飞。

七

帕丽又来配件门市部看飞机。自从金子带她来看过飞机，她就认定城东这一块飞机最多，旦江的飞机不管从哪开来，总要经过这里。帕丽来时先约上金子。有时金子先到，坐在门口等帕丽。有时帕丽先到，站在路边等金子。帕丽和金子一样不喜欢进配件门市部，不喜欢货架上油乎乎的铁东西和里面油污铁锈的味道。但她喜欢跟我说话。说话时眼睛直勾勾看着我。

帕丽每次来我都有点紧张，她当着金子的面也眼睛直勾勾看我。她仰脸看飞机时眼睛却是迷幻的。好多看飞机的人眼睛都不一样。飞机过来时，我的注意力都在看飞机的人身上。我不喜欢跟一群人看飞机。我喜欢一个人站在荒野，仰头看一架飞机在天上。可是那样的时候很少，因为飞机顺着地上的路在飞，它经常飞过的地方，必定是人多处。人多眼睛就多，心思也多。越来越多的人跟着帕丽来城东看飞机，我担心飞机的秘密会保不住。大家都知道了城东这一块飞机最多，他们会不会也想到这里是飞机的交叉路口，进一步想到飞机是顺着地上的路在飞呢？

后来我相信或许没有人这样去想。这样想事情要有这样的脑子，好多人的脑子不会往天上想，大多是凑热闹看看飞机，又低头忙地上的事。哪有我这么闲的人，天天看天。

帕丽很早就知道我是诗人。我和金子谈恋爱那时，金子带我去看帕丽，金子说我是大泉乡农机站的，帕丽看我一眼，对金子撇撇嘴。金子又说我会写诗，是诗人。帕丽眼睛亮了一下。那时帕丽还没跟旦江恋爱，我也不知道每天头顶过往的飞机有一架是我们县的旦江开的。我只是喜欢看飞机。我和飞机的缘分很早就结下了，村子旁种了大片的蓖麻，大人说，蓖麻油是飞机上用的。那时我连天上的飞机都很少见过。但蓖麻油是飞机上用的这句话却影响了我的童年，我经常一个人钻进蓖麻地，隔着头顶大片大片的蓖麻叶子看天空。后来每当我看见飞机，就想起大片的蓖麻地。再后来我开了这家农机配件门市部，开了两年，这期间我为小时候的梦想做了一件事。到现在都没有人知道，我开的是一家飞机配件门市部。

帕丽来看飞机都打扮得很漂亮惹人。我知道好多年轻人是追着看帕丽来的。帕丽不怎么理他们。飞机没来时帕丽就眼睛看着我说话，我不记得她说过些什么，只看见涂得红艳艳的嘴唇在动。她说起话来嘴唇不停，我根本插不进话。她可能只是想让我听她说话，并不打算听我说什么。

那天帕丽翻看我的笔记本，上面有我写的诗。我把写好的诗记在一个硬皮笔记本上，放在门市部柜台里。

帕丽说，你写的诗真好，我一句都不懂。

帕丽说，我早就给金子说，让你给我也写一首诗。金子经常说你给她写诗，把她写得美极了。金子说，她给你说了，你不写，说你只给她一个人写诗。

我看着帕丽说，写诗要有灵感。

帕丽说，怎样才能让你有灵感。帕丽眼睛直勾勾看着我。她不知道我把她写到诗里该是多么美，她本来就美。

一次，帕丽从乌鲁木齐回来，给金子说，旦江带着她坐飞机了，旦江开着飞机，她就坐在旦江旁边。她还说，飞机没有方向盘，旦江在天上手放开开飞机，就像那些男孩子双手撒开骑自行车一样。

那飞机转弯的时候咋办？金子问。

朝左拐的时候，旦江朝左挪一下屁股；往右拐的时候，就右挪一下屁股。帕丽说。

金子唯一能向帕丽夸耀的是我把她写到了诗里。在帕丽看来，我把金子写进诗里，就像旦江把她带到天上一样神奇。她不知道被写进诗里是什么感觉。就像金子不知道坐在开飞机的旦江身边是什么情景。

晚上熄了灯,金子给我说,她听帕丽说坐着旦江开的飞机,在云上飞来飞去,可羡慕了。说跟着我到现在只坐过小四轮拖拉机,突突突突的,黑烟直往嘴里冒。

金子说话的时候,我面朝房顶黑黑地躺着,我在等一架飞机,我知道每晚这个时候,有一架飞机过去,然后到半夜,又有一架飞机过来。我得等它过去了再睡着。有时候好多天没有飞机过去,我等着等着睡着了。这个晚上飞机会不会过来呢,我眼睛朝上望时,能直接穿过房顶看见星空。

过了一会儿,金子侧身钻进我的被窝,我把金子搂到怀里,金子说,帕丽也很羡慕我,我给她说,你给我写了好多诗,她都羡慕死了。我给帕丽说,我们家老公写诗的时候,脑子都在天上转,跟飞机一样。金子说,帕丽想让你给她也写一首诗。我说我们家老公只给我一个人写诗。

就在这时我听见飞机的声音,整个天空轰隆隆地在飞,我突然翻过身,像我无数次在梦中飞翔的那样,脸朝下、胸脯朝下,手臂展开,一下一下地朝上飞,身体下面是软绵绵的云,它托举着我,越飞越高。

八

我不统计梦见的飞机,尽管我知道夜里有飞机过,被我以飞的方式梦见了。但我不统计。也从来不估计。不像我做农机报表，有的村子太远，去不了，不想去，就把去年的报表翻出来，以去年的数字为依据，再估计着加减一个数字，就行了。其实去年我也没去过这个村子，去年的数字是在前年基础上估计的，前年的数字从哪来的呢，肯定是在大前年基础上估计的。好像每年都顾不上去那个村子，它太远，站上又没小车，骑自行车去一天回不来，遇到下雨，路上泥泞，几天都走不成。我做年终报表的时间很紧迫，报表发下来，到报上去，也就一周时间，全乡十几个村子，一天跑一个，也不够。一天最多能跑一个村子，上午去到几个农机户问问数字，进了门肯定是出不来的，统计数字的时候，外面院子已经在剁鸡炒菜了，数字没统计完，菜已经摆上桌子，主人说边吃边喝边统计，酒一喝开就数指头划拳了，谁还有兴趣给你报数字，一场酒随便喝到半下午，剩下的时间，就仅够骑自行车摇摇晃晃回家。所以报表来了，就近村子跑跑，远点的就顾不上。

每年这样，我在大泉乡的好多年，年年做报表，全乡十三个村庄，有一个村庄我可能从来没有去过。我只是从统计报表中知道这个村庄叫下槽子，知道村里有一台链轨拖拉机，一台东方红28胶轮拖拉机，这个数字咋来的我忘了。可能是我到农机站那年随便填的，我调到这个乡农机站是那年的十一月，上班没几天局里的年报就来了，要求一周内报上去，下去每个村子跑数字显然来不及。我找出去年的年报，挨个地抄数字，给一些村子增加一些拖拉机，因为农机保有量每年都要增加的，这个叫下槽子的村庄竟然没有拖拉机，我觉得不可能，一个村庄怎么能没有拖拉机呢？没拖拉机地怎么耕呢？我很冲动地给它加了一台链轨拖拉机，又觉得它还需要有一辆搞拉运的轮式拖拉机。后来我弄清楚那是个牧业村，地少，一直雇用邻村的拖拉机耕地。但是晚了。拖拉机已经填在报表上，不可能划掉。只能再增加，我觉得它还应该有几台小四轮拖拉机，以后几年我就每年给它增加一台小四轮拖拉机，我的胆子小，不敢一下加太多，觉得加多了心里不踏实，就一年年地加吧，因为加一台拖拉机，就要为它编一个车主的名字。这个车编给谁家呢？我到乡派出所找到下槽子村的户口簿，把两台大拖拉机落到两个大户人家，小四轮就随便落了，反正这些人家迟早都会有拖拉机的。

每年我都想着去下槽子村看看，或找个下槽子村的人问问情况。可是，从来没有下槽子村的人到我办公室办过事。好像那个村庄没有事。我给站长老马说，我们抽空去趟下槽子吧。老马说太远了，去了一天回不来。

那个让人一天回不来的村庄，就这样阻碍了我。

九

帕丽飞机不来的日子，我一个人看飞机，听到天空隆隆的声音我从门市部出来，仰头看一阵，把飞机目送走，然后回店里，在笔记本上记下过来或过去。其实坐在店里听声音就知道飞机是过来还是过去，我出来是让飞机看见我。因为我知道飞机驾驶员眼睛盯着这条路，其他地方或许他会一眼扫过，但是这个三岔路口他会仔细看，三条岔道通三个地方，走错就麻烦了。他探头下看时，准会看见仰头望天的我。每次都是我一个人在望。他会不会被我望害怕？

理发店小赵也喜欢看飞机。只要听见飞机响声，准能看见小赵站在路上，脖子长长地望天，有时手里还拿着剪刀，店里理发的人喊她也不理识。小赵看飞机的样子和帕丽一样好看，我站在对面，看一眼小赵，望一眼飞机。小赵因为喜欢看飞机，我觉得她跟别的女孩不一样。喜欢看飞机的女孩腰身、脖子、眼光都有一种朝上的气质，这是我喜欢的。我和小赵时常在飞机的隆隆声里走到一起。有时我把飞机看丢了，小赵就凑过来，给我指云后面的那个小点。小赵指飞机的时候，我看见她白皙的胳膊，细细的手指，一直指到云上。

小赵美容店的名字是我写的。配件门市部开张的第二个月，路对面开起一家美容店。店主小赵和我妹妹燕子很快成了朋友。小赵听燕子说我会写诗，是个文人，就让我给理发店起个名字。我想了半天，没想出来。小赵说，你先给我写上"美容店"三个字吧，以后想好名字再加到前面。小赵要去买红油漆，我说我店里有。我写招牌时买了一大罐红油漆，剩好多呢。

写字时我站在凳子上，小赵在下面给我举着油漆罐。"美容店"三个字直接写在门头的白石灰墙上，跟我的"农机配件门市部"一样。我写一笔,刷子伸进油漆罐蘸一下,有一点红油漆滴在小赵的手上,小赵的手又小又白皙,她的脖子也白皙,从上面甚至看见领口里面的皮肤,比手更白皙。我不敢多看。第一个字"美"就没写好,写"美"时我往下多看了几眼,下来后发现"美"写歪了。

我站在凳子上写字时好多人围着看,我写一个字,扭头看看下面。没人说一句话。写完后我下来站在他们中间一起看。还是没人说一句话。我看看小赵。小赵说,写得真好。

但我觉得"美"真的没写好。不过小赵说好了,也许不错吧。字都是这样,刚写到墙上,看着别扭不顺眼,或许看几天就顺了。我坐在配件门市部门口,看了好些天,仍然觉得那个"美"没写好,一点不美,呆呆的。等想好了店名,往"美容店"前面写名字时,我把"美"涂了重写一下吧。我想。可是,直到我卖了配件门市部,离开县城到外打工前,都没想好名字,"美容店"成了它的名字。

来理发的大多是过往司机,有汽车司机、拖拉机司机。好像车开到这儿,司机的头发就长长了。小赵不喜欢给司机理发,一来司机头上都是油,车坏了司机就要头伸到机器里修,洗司机的头太费洗发水。二来司机嘴里没好话,啥脏话都能说出来,要碰到太耍赖的司机,小赵就把我喊过去,坐在一旁看她理发。

没活儿干时小赵就坐在门口,朝我笑,她知道我在看她。有时她走过来,和我妹妹燕子说话。她过来时,手里总抓着一把瓜子，给燕子分一点，给我分一点。她给我瓜子时手几乎伸进我的手心，指头挨到手心，我的手指稍弯一下，就能握住她的手。她每次只给我几颗瓜子，我几下嗑完，她再伸手给我一点。瓜子在她手心都焐热了，有一股手心里的香气。

每天都过飞机。帕丽来看飞机的时候，我们都出来帮着看。更多时候帕丽在别处看飞机，或者帕丽的飞机没来，天上飞着我和小赵的飞机。小赵比我看得仔细，我只是看看飞机是过来还是过去，然后回店里记到笔记本上，小赵一直看到飞机飞远，看不见。

我和小赵很少说过话，飞机来的时候我们走到一起，其他时候只是隔着马路看。有时我背对小赵，也能感到她隔路看我的眼睛。小赵也能觉出我在看她，只要我盯着她看一会儿，她总会扭过头来对我笑笑。现在想来，我和小赵只是隔着马路远远地看了两年，然后我卖了门市部走了。

十

帕丽第一次带飞行员丈夫旦江来我家是在八月的一个傍晚，正如旦江在二十多年后的网文中写的那样，正是秋天，我们家菜园里的蔬菜都长成了，养的鸡也长大了，金子高高兴兴宰了一只鸡，从菜园里摘了半盆青辣子，整只鸡剁了跟青辣子炒在一起，用一个大平盘盛上来。帕丽和旦江都没见过这种吃法，一盘菜就把饭桌占满了。

接下来就是旦江在网文中写的那个重要时刻，旦江看着堆得小山似的一大盘菜，吃了一口，味道奇香，跟以前吃过的辣子炒鸡都不同，旦江就问，这叫什么菜。我脱口而出：大盘鸡。

在以后多少年里传遍全新疆全中国的大盘鸡，就这样发明了。我却一点记忆都没有。我只记得跟飞行员旦江一见如故，酒喝得很投机，边喝我边向旦江打问飞机的事。我问飞机轮子是咋样的，多大，跟哪个型号的拖拉机汽车轮胎一样。飞机那么大的机器，上面一定有好多大螺丝吧，那些螺丝都是什么型号。

旦江说他只驾驶飞机，保养维修都有专人负责。

我说，你经常开飞机从我们县城上空过，从空中看我们县城是什么样子，能看见啥？

看不见啥。旦江说。就是一片房子，跟火柴盒一样。

那你在天上怎么掌握方向？我们在地上开拖拉机都有路，飞机在天上也有路吗？

旦江看看我，端起酒杯说，喝。

旦江即使喝醉了也没向我透露过飞机的任何秘密，这让我对旦江更加敬佩。开飞机的人心里一定有好多不能让别人知道的秘密。但旦江做梦都不会想到，我心里也有一个有关飞机的大秘密。我也不能把这个秘密说出去。如果我说给旦江，旦江回去告诉管飞机的人，说飞机飞行的秘密已经被人知道，那样的话飞机肯定会改道，沿着别的道路飞行，不经过我们县城。

有一次酒喝到兴头，我几乎问到了关键的问题，我问：你开的飞机在天上坏了，怎么办？比如一个大螺丝断了，假如正好在沙湾上空坏了，你会选择降落在哪？

最好是返航。旦江说，找最近的机场迫降。

那没时间返航呢？就像拖拉机突然在路上坏了，动不了了。

那就选择平坦地方降落，比如麦地，麦地是平的。苞谷地棉花地都有沟，颠得很。

那天晚上我梦见自己开着小四轮在天上飞，车斗里装满特大型号的零配件。我听谁说一架飞机在天上坏了，说坏的地方很高，在一堆像草垛的云上面，我开着小四轮满天找坏掉的飞机。我的梦做到这里没有了。做梦有时跟做文章一样，开一个头，开好了津津有味做下去。有时梦也觉得这样做下去没意思，就不做了。我关于飞的梦都是半截子，我从来没做过一个完整的飞的梦。也许连梦都认为飞是不可能的事，做一半就扔了。但我跟飞有关的门市部却一直开了两年。

十一

我开农机配件门市部那年，从乡里到县里，到处是倒闭的公家的修理厂和农机公司，那些公家的农机库房里，堆满大大小小的农机配件。我骑摩托车在乡里县里和附近的团场转，找到那些公家的农机库房，想办法认识管库房的人，塞一点好处，里面的东西就可以随便捡了，好多地方的机耕队撤了，农机配件当废铁处理，装一车斗，估个价就拉走。我除了拣一些好卖的拖拉机零配件，只要看到特大号的螺丝，我是不会放过的。那些特大的螺杆螺帽，库房保管员都不知道是啥机器上的，只说在库房躺了好多年，库房保管员见我买这样的特大螺丝，对我刮目相看，他猜想我手里肯定有一台了不起的特大机器。

我把收购来的大大小小的螺杆螺帽摆放在柜台。特大号的螺丝柜台放不下，堆在地上。我是学机械的，知道这些螺杆螺帽的用处。它们用来连接固定东西，机器都是由许多个零部件组成，这些零部件都靠螺杆螺帽连接在一起，连接件是最容易坏的。我还收购和这些螺丝相配的各种型号的扳手，有活动扳手、固定扳手、拧大螺丝的扳手加长管。我的门市部螺丝型号最全。这是一个汽车师傅说的，他的汽车上一个不常用螺丝断了，去了好多地方，最后竟然在我这里找到了。还有一个搞过大工业工程的老师傅看了我的这些螺丝后，点了好几下头，说，年轻人，等着吧，等到一个大事情你就发大财了。等不到，就是一堆废铁。

他不知道我等的是一个天上的东西。我在等一架飞机。可是我不能给他说，给谁都不能说。

我的门市部卖给别人那天，这些螺杆螺帽没有同农机配件一起卖掉，人家不要。我找了两辆小四轮拖拉机，拉了三趟，把它们运到城郊村的院子，我离开沙湾后，我弟弟把它们全卖给房后面搞电焊的老王，听说卖了五千多块钱。

我说，卖这么便宜。我弟弟说，称公斤卖的，一公斤八毛钱。

我买的最大一个螺丝帽有拖拉机轮胎那么大，当时它躺在打井队院子，上面坐着几个人，我问这个螺丝帽的螺杆呢，这么大的螺丝帽，它的螺杆一定顶天立地。打井队的人也不知道它的螺杆是什么样子，只知道这个铁东西在这里扔了好多年，因为太重，谁也拿不走它。我花了很少一点钱买下它，叫来一辆小四轮拖拉机，又找了几个朋友，带着绳索撬杠，折腾半天，这个铁家伙只挪动几厘米。最后，我只好把它存放在打井队院子，等有用处的时候我再拉。

以后我也忘了这个大家伙。多少年后，有一天我回沙湾路过打井队院子，才回想起这个大螺帽。进去找，以前放大螺帽的地方已经变成一片菜地，问锄草的老头，直摇头，说他从来没见过那么大一个螺帽。拖拉机轮胎大的螺丝帽，可能吗？那得用多大的扳手拧它。问打井队的负责人，说打井队早散了，他就是井队的职工，这个院子十几年前就卖给他了。

十二

每年都有好多新购的拖拉机。自从我开了拖拉机配件门市部，找我报户口办油料证的人直接把拖拉机开到门市部门口，事情办完顺便买几个农机配件，再请我到一旁饭馆吃大盘鸡。我能感到路上的拖拉机在年年增多，但不会多过我报表中的数字。乡领导需要我们加大农业机械化发展速度，这是年终县上考核乡上的重要指标。我们站上也需要快速增加拖拉机马力数，这样分配给我们的平价柴油就会多。平价柴油是按马力分配的，一马力一年分多少油，有规定。那些年我无端增加了多少拖拉机，那些报表中的拖拉机拥有量和马力数，有多少是真的，多少只是数字，我自己也不清楚。

好多拖拉机只是一个数字，没有耗油、没有耕作、没有发出突突的声响。它们只存在于报表中，每年增加。这些虚数字，有个别被真实的拖拉机填补，因为每年都有农民购买拖拉机，拖拉机的数量在每年增加。多少年后，这里的拖拉机数量远远超过我编的数字。有的人家大小拖拉机三四台。我虚编了那么多拖拉机数，到后来全成真的。我没想到农机的发展速度远远超出我的编造能力。

编造一台拖拉机，就要同时编造一个机主。在我的农机报表中，那些村庄的好多人家，拥有了各式各样的拖拉机，他们开着它干活儿，每年的耗油量、耕地亩数、机耕费收入、修理费都统计在报表中。这些在报表中拥有拖拉机的人，并不知道自己有拖拉机，他们雇别人的拖拉机耕地播种，给别人付机耕费。几年后，他们中的一些人真的买了拖拉机，到农机站来报户。我在户口簿上看到他们的名字。

那时我想，等哪年我调离这个乡的时候，一定花点时间，把全乡的拖拉机数搞清楚。我当了十几年拖拉机管理员，我想知道报表中的数字和实际的差距，究竟有多少虚构的拖拉机，有多少真实的拖拉机。我似乎觉得自己需要一个真实的数字。就像我梦中在天上飞的时候，知道有一个地。但我没有实现这个愿望。我的调离通知下来时，已经没时间去干这个事了，我被调到另一个乡当农机管理员。

那个乡也在城郊，我在那里工作了一年多，做了两次农机年终统计报表，然后我辞掉工作到乌市打工。到现在我还记得那个乡有十七个村子，是我从乡政府报表中抄的。我调去的时候是十一月，直接赶上了年终报表。

我给站长说，我刚来，对这个乡情况不熟悉，想下去跑跑数字。

站长说，你闲得没屎事了。你不是老统计了吗，咋样报报表不知道吗？

我花了一周时间，在去年报表的基础上做一些改动，变成今年的。这对于我是轻车熟路。我想把今年的报表应付过去，明年开春搞春耕检查时好好把全乡的村子都跑一遍，把全乡的拖拉机数调查一下。我在大泉乡留下遗憾，工作十几年最后竟然没机会把农机数搞清楚。在金沟乡不能再胡整了。我怀疑我照抄的这些数字可能都是假的。既然是假数字，那随便改改就无所谓。还是等明年好好统计吧。

第二年我都干啥了，记不清，好像突然年终报表就下来了，一年就要结束，根本顾不上去调查那些数字。最后一年我只匆匆做了半年报就辞职走了。走之前我把历年的统计报表转交给一个同事，我好像还翻开去年的报表看了看，我对自己编的一些数字似乎有点不放心。我给这个乡新编了多少拖拉机数字现在全忘了，只记住全乡的村庄数：十七。这是我从乡上报表中抄来的数字，一直没变过。啥都可以编，村庄的数字不能编。这是我认为的一个原则。

在这十七个村庄中，有一个叫野户地的村子我始终没去过。我想起在大泉乡待了十几年，那个叫下槽子的村庄也一直没去过，我经常到村里转，转了那么多年，都没转到那个村庄。调到金沟乡的一年多，我也跟随乡上的各种检查团去村里，我以为这个乡的村庄全走到了，却没有。报表中的野户地村我一直没去过。

现在想想，即使我再多待几年，可能也不会走进那个村子。因为野户地村或许根本不存在，它只是在报表中有一个村名，有户数人口数，有土地面积，有农机拥有量，有一个户口簿，有每家的户主和家庭成员名字及出生日期，乡上的各种通知都发往这个村子，乡长在讲话报告中经常提到这个村子，表扬这个村的村长工作能力强，表扬村民素质高，从来不到乡上告状找事，乡上安排的啥事都按时做完，最难做的事情都安排给这个村。这个村庄是农机推广先进村、计划生育先进村、社会治安先进村，村里电视最多、村民收入最高，我从来没有走进这个村庄，我怀疑它很可能只在报表中。就像我在大泉乡从没去过的那个下槽子村，我也不敢保证它是否真的存在。我每次说去下槽子，马站长都说太远了，路不好。也许根本没有一条路通向那里。

十三

我一直想着给帕丽写一首诗。我觉得和帕丽有一种秘密的缘分。她经常来配件门市部看飞机。她看旦江的飞机。她不知道我在看谁的飞机。我天天看飞机,就喜欢跟我一样爱好的人。甚至喜欢走路仰着头的人。我上小学时,村里的语文老师就是一个仰头走路的人,我老担心他被地上的土块绊倒。他很少看地上。他喜欢站在房顶看远处。有一天,语文老师从房顶掉下来。我们半年时间没上语文课。听说老师把脑子摔坏了,教不成学了。

帕丽走路胸脯挺挺,目光朝上,金子也是。还有小赵。我想让帕丽和小赵认识,因为小赵也喜欢看飞机,但帕丽不跟小赵说话。帕丽穿着红裙子黑高跟鞋,高傲得很。她仰头看飞机,其他人跟着看,看完她就骑自行车走了。她上车子时左脚踩在脚镫上,右脚蹬地助跑几步,然后裙子朝后飘起,一会儿就飘远了。

一次帕丽来看飞机,等了半天飞机没来。帕丽就坐在柜台边跟我说话。帕丽的眼睛又大又深又美丽,我不敢看她的眼睛,但她硬把眼睛递给我看。她可能想让我记住她的美丽,然后把她写到诗里。

帕丽盯着柜台下一个大螺丝问我这是干什么的。我说,我也不知道能干什么。在废品站看见了就买了来,肯定是大机器上的。

我知道帕丽坐过飞机,就问飞机上的螺丝都很大吧。

飞机都被铁皮包着的,看不见螺丝。帕丽说。

那飞机轮子多大你看见了吧?

跟拖拉机轮子差不多吧。帕丽说。

那天旦江来我家喝酒,我也问了相同的问题。旦江说,飞机有两个秘密,一是飞机的动力,只有专门的技师才能接触到。二是驾驶室,这一块的秘密只有飞行员知道。所以,我们飞行员只知道怎样操纵让飞机起落飞行,但不清楚它的动力部分是怎样运行。管动力的技师只知道机器的秘密,但不知道怎样把它开到天上。

旦江的话让我觉得飞机和拖拉机似乎一样,有开车的有修车的。好多开车的不会修车。但开车修车却不是秘密。为啥开飞机和修飞机会成秘密?这可能是因为从地上跑,到天上飞,这中间本来就有一个秘密。这个秘密很早就被我们的梦掌握,后来又被少数人掌握。我是知道这个秘密的少数人。因为我学过机械,知道飞机是一个大机器,大机器是由大零件组成。除此我还知道飞机顺着地上的路在飞,这一点整个沙湾只有我一个人知道。我一直收集大零件。那些堆在柜台旁和库房里的大零配件,经常让我觉得自己是一个干大事情的人。

帕丽不知道这些大零件干什么用。小赵也不知道,她天天在路对面看我,跟我一起看飞机,但她做梦都不会想到吧,我真正做的是啥生意。连帮我看店的小妹燕子都不知道。金子对那些铁疙瘩也没兴趣。在金子眼里我只是一个乡农机管理员，一个卖拖拉机配件的人。她不知道我一直挂着农机配件门市部的牌子，在卖飞机配件。这里天天过飞机，只有我想到做天上的生意。

金子一直羡慕帕丽，她和帕丽一样漂亮，在学校时都是班花，帕丽找了飞行员丈夫，挣的工资多，给帕丽买好多漂亮衣服。她却嫁给一个乡农机管理员，也调不到县上，每天骑一个破自行车往下面跑，还住在城郊村的土房子。金子羡慕住楼房的人，冬天不用早晨起来架炉子，尤其天刚亮时，炉子的火早灭了，屋里冰冷，只有被窝里是热的，那时候谁都不想出被窝。早晨架炉子一般是我的活儿。我把火生着，屋子慢慢热起来时，金子起来做饭，女儿要睡到饭做熟，房子烧热了才起来。

金子最年轻美丽那些年，和我住在城郊的村庄，土路土墙土院子，我们在院子生了女儿，门口的沙枣树跟女儿同岁，我和金子结婚那年冬天，金子想吃沙枣，我在街上买了一袋，第二年春天，对着屋门的菜园边长出一棵沙枣苗，金子先发现，叫我出来看。她用枝条把树苗护起来，经常浇点水。金子的身子渐渐丰满起来，等到十一月，我们的女儿出生，沙枣树已经长到半米高，落了它的第一茬叶子。等我们搬出这个院子时，沙枣树已经长过房顶，年年结枣子给我们吃。

我们在这个院子住了好多年，菜园里每年都长出足够的蔬菜。我结婚前不吃茄子，吃了恶心。我妈说小时候烧生茄子吃，造的病。住进城郊村院子的第一个春天，我在菜园种了一块西红柿、一块辣子、几行黄瓜、一块豆角，菜苗长出来后，金子说怎么没有茄子。我说我不吃茄子。金子说，你不吃我还要吃，我肚子里的孩子要吃。金子从路对面邻居家要了茄子苗，把辣椒拔了，栽上茄子。我从那一年开始吃茄子。金子炒茄子里面加一些芹菜、豆角和辣子，渐渐地我不觉得茄子难吃，茄子从此成了我最爱吃的蔬菜。

　　我在这个院子写出了我的第一本诗集，大都是写云和梦。我的心事还没落到地上。甚至没落到这个家和金子身上。金子给帕丽夸耀我给她写了好多诗，其实我没给金子写过诗，她正在比诗还美的年龄，我想等她老了，再给她写诗。可是她一直不老，多少年后，跟她同龄的人都老了，帕丽老了，小赵可能也老了，金子一直没老。到现在我一直没给她写一首诗。

十四

　　有一阵我想调到县气象局工作，乡上一个同事的媳妇在气象局上班，我在他家里吃过饭。同事媳妇说气象局的工作就是天天望天。我想，我要干这个工作一定能干好，因为我不干这个工作都天天望天。天上的事我知道太多了。我可能适合统计天上的事情，地上的事多一件少一件，也许不重要。就像那些村庄的拖拉机，多一台少一台，有啥呢。我想让它多一台，改个数字就行了。

　　我统计过往飞机的时候，顺便把每天刮什么风，风向大小都记了。我把风分成大风、中风和小风。大风是能刮翻草垛的风，一年有几次，我们这里还有一种黑风，我也归入到大风中。黑风就是沙尘暴，一般来自西北边，一堵黑墙一样从天边移过来，从看见到它移到跟前，要有一阵子。路上的人赶快回家，挂在外面的衣服收回去，场上的粮食盖住。黑墙渐渐移进，越来越高，空气凝固了，不够用了。那堵顶天的黑墙在快移到跟前时突然崩塌下来，眼前瞬间淹没在黑暗中。呼吸里满是沙尘，沙尘中裹挟着大大的雨点，落在身上都是泥浆。

中风是能刮跑帽子的风。小风刚好能吹动尘土和树叶，又吹不高远。再小的风就是微风了，不用记。

我们这个地方多数是西北风，东南风少。我统计风的时候，又顺便把云和雨雪统计了。雨雪好统计，每年下不了几场雨，冬天雪下得勤一些，也没有多少场。

云比较难统计，我就用诗歌描写，看到有意思的云，我就描述一番。描写的时候还抒情。我把好多情抒发在云上。我想抒情时就逮住天上的一朵云。我把云分成忙云和闲云，还有白云和彩云。我主要关心云的忙与闲。云在天上赶路的时候，我停下看云。满天的云在跑，不知道发生了什么，整个天空变成一条拥挤的路，云挤云，有时两朵云跑成一朵，有时一朵跑成好几朵。云忙的时候比人忙。闲云我不说了，如果云在天上看我，一定认为我是地上的一个闲人。

我一直没像描写云一样描写过飞机。我只记录每天过往的飞机。我不描写它。飞机是不能描写的。云可以描写。

可以写云的诗。

我描写云的本子放在配件门市部柜台里面,我在外面看天看云,想好了回来趴在柜台上写。我不在的时候,小赵经常过来和我妹妹说话,还翻出我写云的本子看。我知道小赵喜欢看我写云的诗以后,就写得更勤了,每天写一首诗,跟过来过去的飞机数字记在一个本子上。小赵肯定看不懂那些过来过去的数字是什么意思。但她或许看懂了我写云的诗,我在门市部时,她朝这边看得更勤了。

小赵第一次给我理发是一个黄昏,我骑车回来,小赵和燕子坐在门口聊天,小赵说,哥,你该理发了。那时我头发茂密油黑,喜欢留长发。小赵给我理过有数的几次发,都是在黄昏。在渐渐暗下来的理发店里,小赵的手指在我的头发上缓缓移动,她好像在数我有多少根头发,我的每一根头发梢都感觉到她的手指,耳朵和脖子的皮肤也感觉到了,理鬓角时她的手背贴在我的脸上,她理得仔细极了。

小赵男朋友穿着崭新西装,戴着大墨镜回来那天,我正好在门市部,没看清他长啥样,以为是一个来理发的,进来出去晃了几下就走了。后来燕子说那是小赵的男朋友。

小赵的事都是小妹燕子讲给我的。我去农机站上班后,剩下的时间就是燕子和小赵的,有顾客时各自招呼一下,更多时候,两个人坐在窗口看路上过往的拖拉机、汽车,小赵把自己的事全说给燕子,燕子又说给我。

燕子说,小赵男朋友是做生意的,经常坐飞机全国各地跑。他这次是坐飞机到伊犁,又坐小汽车回来。说在伊犁谈成一笔进口钢材的大买卖。

小赵让她男朋友带她坐飞机,男朋友说坐飞机危险得很,有一次他坐的飞机在天上坏了,说是一个螺丝断掉了,天上又没有修理铺,你说咋办。

那后来怎么样了?那架在天上坏掉的飞机后来怎么样了?

燕子说小赵没说,她不知道。

在我记录飞机的本子里面,有好多架只过去没过来的飞机,我用红笔标着,我一直都想着那些飞机怎么样了,或许都在天上坏掉,过不来了。或许还有另外的路,不是所有飞机都从我头顶飞过。但我一直在等所有的飞机,在这个三岔路口。

十五

门市部前每天都有等车的人,去乡里的班车一天跑一趟,错过了就只能搭便车。配件门市部前是搭便车的好地方,常有拖拉机停下,驾驶员进店里买个配件,出来车斗里坐了几个人,笑嘻嘻地说师傅辛苦了捎一截子路。

每个周末我都看见一个干部模样的人在路口等车。他背着公文包,手里提一把镰刀。等累了,到我的门市部看看,我知道他不买农机配件,不怎么搭理他。他也不没话找话,趴在柜台上看看,柜台边有一个方凳,他是盯着那个方凳进来的，他有一眼没一眼地看看他根本看不懂的农机配件，然后，把方凳搬到屋外，坐在门口等拖拉机。

配件门市部卖掉前的一个月，我在另一个朋友的酒桌上碰见了他，叫董自发，在县委工作，是我朋友的朋友。我还在酒桌上听到有关董自发的事。好多年前，董自发下乡支农时，把一块手表丢在海子湾水库边的一片草滩。那是刚工作时家里给他买的一块表。支农是县上组织干部下乡帮农民抢收麦子，董自发的手表就丢在麦地边的草滩上，他没敢告诉同伴，也没告诉村里人。支农回来后，他每个周天提一把镰刀，去海子湾水库边割草，找手表。第一年割到落雪没找到，第二年又在同一片草滩上割草。听说为了下去割草有理由，他还养了一头牛，又养了两只羊。

我知道了董自发的事以后，看见他来搭车就赶紧招呼，帮他早早搭上车。董自发走路说话都低着头，眼睛看着地，可能是找手表养成了习惯。那块表即使不被人捡走，也早锈掉了，董自发为啥还去找它，我不方便问。结识董自发后，我就老想着他丢掉的手表。一块表掉在草丛里，嘀嗒嘀嗒地走，旁边的虫子会以为来了一个新动物。表在草丛走了一圈又一圈，停了。表停时可能已经慢了两分钟。因为发条没劲了，就走得慢，最后慢慢停住。表可能停在深夜的一个钟点上。表不走了，时光在走。围着草丛中一块手表在走。时间有时候走在表指示的时间前面，有时候走在后面，有那么一个时刻，时间经过表停住的那个时间点，表在那一刻准确了。表走动的时候，从来没有准确过，一天走下来，总是慢一分多钟。在草丛停住后,一昼夜有两次,表准时地等来一个时间。准确无误的时间。这一刻之前之后,草丛中的表都是错的。时间越走越远,然后越走越近。漂泊的茫然的永无归宿的时间,在草丛中停住的一块表里,找到家。一块表停住的时刻,就是时间的家。所有时间离开那里,转一圈又回来。

董自发的这块表就这样在我心中走不掉了。以后再没见董自发挎个镰刀去割草找表,也许董自发发现我知道他的秘密后,从另外的路下乡了;也许一块表的意义逐渐变得轻微,他再不去找了。但我却一直在想那块表,我卖掉门市部离开沙湾前,还骑摩托车去他丢表的那个叫海子湾的村庄,我不知道他的表丢在哪块地边的草滩。他也从没把确切位置告诉过别人。我问村民,许多年前有一个干部来村里帮助割麦子,有这回事吗?还有,一个干部的手表丢了,这事村里人知道吗?

没人知道。

我带着这块丢在草丛中的表离开沙湾。从那时候起,有一块时间在我这里停住了。它像我从未说出的躺在房顶的"飞机配件门市部"招牌。像我做农机站统计时虚构的那些跑不到地上的拖拉机。像那个我一直没有去过,不知道是否真的存在的野户地村、下槽子村。我带着这些离开沙湾。离开的那年,我刚好三十岁。

十六

现在该说说我的"飞机配件门市部"了。

农机配件门市部开业不久,有一天,我买了七张一米二宽两米长的三合板,天黑后叫一辆小四轮帮我拉到门市部前,我上到房顶,驾驶员站在车斗上帮我往上递。全递上房后我让驾驶员回去休息,我从门市部拿出两罐油漆,一罐白的,一罐红的。我用白油漆给三合板刷了底色,然后用红油漆开始写字。一张三合板上写一个字。那个晚上月亮很亮,星星也又大又亮。房顶因为离天近一些,比地上更亮。

我从来没写过这么大的字,有点把握不准。我先用大排笔刷写了"部",再写"市",写"门"的时候已经很随手了,接着写"件""配""机",一个比一个写得好。写"飞"时我犹豫了一下,想写一个繁体的"飞",笔画没想清楚,就写了简体的。

七个鲜红的大字"飞机配件门市部"赫然出现在房顶。我乘夜把从外面收购来的大零配件一个一个搬上房,压在三合板角上,每个三合板压四个大配件,稳固在房顶。沙湾经常刮风,城东这一块风尤其猛。我担心三合板被风刮走。大铁配件压在大招牌边,都是给天上的飞行员看的。

第二天一早我又爬上房顶,看见七个鲜活大字对着天空,我坐在房顶等飞机。那天怪了,从早晨到半中午没一架飞机。我被太阳晒得头晕,下房去喝了口水,突然听到飞机的声音，赶紧上房，站在油墨未干的"飞机配件门市部"旁。那是一架过去的飞机，往西开，飞机到头顶时我朝天上招手，发现飞机速度慢了下来，几乎停在头顶。我似乎看见飞机舷窗里的一双眼睛，正看着写在房顶的招牌，看着压在招牌上的巨大零件。还有仰头看天的我。

"飞机配件门市部"的招牌一直不为人知地贴在房顶。上房的梯子我藏在房后面。有天刮大风，燕子在理发店跟小赵聊天，看见对面房顶一块写着红色大字"飞"的三合板飞起来。燕子跑过马路喊我。那块三合板只飞过马路，就一头栽进机关农场大渠。我和燕子好不容易把它从渠里捞出来。我抱着板子回来是顶风，感觉板子在怀里飞，要把我带飞起来。我累得满头大汗，我说你飞吧。我丢开板子。板子啪地倒在地上，不动了。

风停我赶紧把写着"飞"的板子拿上房顶，燕子在下面递，我在上面接。还搬了几块砖上去，压在"飞"上面。写了"飞"的板子飞了三次，都被我找回来。

另一场大风中"配"和"门"飞起来，"配"从房顶翻转着掉下来，啪地摔在路上，正好一辆拖拉机开来，直直轧过去，留下一道黑车印。"门"飞过马路，小赵和燕子都看见了，红红的"门"字朝下。我在乡农机站接到燕子打来的电话，说"门"飞过大渠掉进果园了，让我赶快回来去追。

下午我回到门市部，"门"已经被燕子和小赵追回来，立在门市部门口。小赵说，我帮你把"门"递到房顶吧。我说，就扔这儿吧。小赵说，没有"门"上面就缺一个字。我看着小赵,怎么上面的字小赵都知道了。我又看燕子。燕子说,有一次羽毛球落在房顶,小赵上去拾羽毛球,看见了上面的字,喊我上去看。

还有谁上去看了?

房东的大儿子也上去看了。

还有呢?

电焊铺的老王也看了。

那是啥时候的事情?

几个月前吧。

我想起那天和小赵看飞机,小赵说,哥,你坐过飞机吧?小赵随着燕子叫我哥。我说没坐过。要有一架飞机落到我们县城就好了,小赵说。那飞机驾驶员就会找你来剪头发,我说。才不会呢,小赵说,他会找你。找我干啥?小赵看着我笑笑,没回答。原来她早就知道我写在房顶的"飞机配件门市部",知道我一直挂着"农机配件门市部"的牌子,做着卖飞机配件的生意。

十七

飞机真的来了。那天,我骑摩托车行驶在两旁长满高大玉米的乡道上,看不见村庄,路一直通到田野深处。我忘了骑摩托去干什么。平常下乡我都骑自行车。因为站长老马骑自行车,我不能比他跑更快。

摩托车无声地行驶着，它的声音被高大的玉米地吸收了。我仰着头，头发朝后飘扬，光亮的大脑门顶着天空，风从耳边过，但没有声音。这时我看见一架飞机斜斜地冲我飞过来，屁股后面冒着烟。我马上想到飞机在天上坏了。飞机是从县城上空斜落下来的。飞机坏了后飞行员肯定着急地往地下看，他首先看见我贴在房顶的"飞机配件门市部"，接着看见压在招牌四周的巨大螺丝，方圆几百公里的地上，只有一个经营飞机配件的门市部。他赶紧想办法降落飞机。不能落到县城，也不能落在路上。县城边有大片的麦田。麦田都是条田，跟飞机跑道一样。高高的玉米地后面就是大片麦田，我赶紧把摩托车开到地里，飞机几乎擦着我的头皮飞过去，我被它巨大的轰鸣声推倒在地，连滚带爬起来，看见飞机滑落在麦地。它落地的瞬间，无数金黄的麦穗飘起来，一直往上飘。然后，我清清楚楚地看见飞机，银灰色的，翅膀像巨大的门扇一样展开，尾翼高高翘起。接着舱门打开，飞行员下来，拿一个大扳手，钻到飞机肚子底下。可能飞机上一个大螺丝断了，要换个新的。飞行员把机舱门锁住，往路上走。他在天上看见县城边有一家飞机配件门市部，还看见了大螺丝。他走几步回头看看飞机。飞机像几层房子摞起来一样高。飞机落下时巨大的风把条田的麦子都吹到天上了。附近村庄的人朝飞机跑来。这时候，我的摩托车已经开到麦地中央，麦子长得跟摩托车一样高，我看见自己在麦芒上飞跑，车后座上绑着一个大螺丝，是我在乡废品站买来的。本来要驮回店里的，正好遇见飞机落下来。我朝走在麦地里的飞行员喊,卖飞机配件,卖飞机配件。飞行员疾走过来,看见摩托车后座上的大螺丝,眼睛都亮了。他看来看去,最后说,有更大号的螺丝和螺杆吗?我说有,多大号的都有。飞行员说,太好了,你给我全部拉来,有多少我要多少。

这时拥来的村民已经把飞机围着。飞机轧了他们的麦地。有的村民说要回去取扳手,不赔钱就卸飞机膀子。有的说要卸飞机轱辘。我赶紧骑摩托车往回赶,在路上拦了一辆拖拉机,又拦了一辆,总共拦了四辆拖拉机,开到我的农机配件门市部,又叫了好几个人帮忙往车上搬螺丝。小赵也过来帮忙。小赵说,你终于来大生意了。我不好意思地看看小赵,她已经知道有一架飞机落下来,落在附近的麦田。她也知道我在经营飞机配件。我装了满满四拖拉机大螺丝,我骑摩托车在前面带路,拖拉机在后面一排跟着,路边都是人,都知道一架飞机落下来了。有人滚着半桶柴油跑,也许飞机缺油了,落下来。卖馕的买买提驮了一筐馕往城外跑,飞行员肯定饿坏了。我的摩托车和跟在后面的拖拉机跑得最快,远远地跑到前面,好像路越跑越远,两边长满高高的玉米,什么都看不见。终于跑到麦地边,满天晚霞。太阳正落下去,阳光刺得我睁不开眼。我让拖拉机停住,我朝麦地里走,走过一个田埂,又走过一个田埂。怎么不见飞机了?麦子也长得好好的。是不是飞机修好飞走了?不可能啊,它修好飞走了也在天上,怎么天上也没有飞机?

我呆呆地站在麦地中央,站了很久,一直到天黑,星星出来。

十八

后来的情况是，我的农机配件门市部卖掉后，租的房子退给主人，房顶上的"飞机配件门市部"招牌没动，交房子钥匙的前一天，我找出写招牌用剩的半罐红油漆，爬梯子上房。招牌上的字已经不那么鲜红，落了一层尘土。我打开油漆罐，里面的油漆结了厚厚一层漆皮，用刷子柄捣开，剩余的油漆依然鲜红。我原想把飞机的"飞"改成"农"。我不想让人知道我在开一个飞机配件门市部。尽管小赵、电焊老王都知道了，他们并没笑话我，还把我当成一个干大事的人一样尊重。但是，更多的人可不这么想，他们要是知道了，肯定会当成一个大笑话去传，多少年后都是可笑的。就像董自发去海子湾割草找手表的事，现在说起来我们还会忍不住笑。我不能留下一个笑话。这个让我做了好多梦，那么悠闲地度过从二十岁到三十岁这段岁月的地方——每天过飞机的城东三角地、城郊乡农机站、我有了妻子女儿的大院子、我的年终报表中有拖拉机和没有拖拉机的村庄——我希望安安静静被它记住或遗忘。

飞机配件门市部和我的农机配件门市部只一字之差，我只要把飞字改了，谁都不会知道这个招牌是给天上的飞机看的。尽管县城上空天天过飞机，但谁也不会想为飞机开一个配件门市部。"飞"改"农"很简单，上面的横改成宝盖头，再向左拉出一大撇，就基本上是农了。我在心里构思好，刷子拿起来时，手却不由自主，把这个飞字改画成了一架飞机。

我在飞机下面还画了两个吊着的轮子，我不知道飞机轮子是什么样，我照着小四轮拖拉机的轮子画。我很欣赏我画的飞机，尤其那两个轮子画得最像。我还想在飞机屁股后面画一股子烟，但是没地方了。我收起画笔正要下房，听到天上的响声，一架飞机正从东边飞来，我一手提红油漆桶，一手拿油漆刷子，仰着头。

那一刻，我知道了飞机或许不是顺着地上的路在飞，它有天上的路。除了传到地上的声音，它跟我，跟这个县城，跟我开配件门市部的三岔路口，都没有任何关系。但我为什么一直在看着它呢？我做了那么多飞的梦，花好几年统计飞机过往数字，还有云和风的数字，都在笔记本里。也许这就是我跟它的关系。它跟我没有关系并不等于我跟它也没有关系。

记录飞机的笔记本放在柜台，配件门市部卖掉清理存货那天，我拿起本子看了看，我想以后不会再翻开这个本子，别人也看不懂那些记录着"过来""过去"的数字。我把写云的诗页撕下来，本来想送给小赵。我让燕子去喊小赵。燕子说，小赵男朋友回来了，他男朋友这次在做一个更大的生意，用钱很多，小赵把理发挣的钱加上抵押理发店贷的款都给男朋友了。我扭头看见一个穿西装戴黑墨镜的男人站在理发店门口，他就是小赵说的那个经常坐飞机从我们头顶飞来飞去做大生意的人。他不知道我和小赵经常一起看飞机，那些飞机中或许有一架是他乘坐的。或许他根本就是一个连飞机都没见过只在想象中坐着飞机满天空跑的人。

我把撕下的诗稿原夹在笔记本里,和即将卖掉的配件扔在一起。

配件门市部卖掉后不久,我便辞掉农机站的工作,去乌市打工。我本来没想要出去打工,在大泉农机站时我一直等着老马退休,那样站长就是我的了。农机站四个人,我、站长老马、出纳努尔兰,还有老李。老李快退休了,努尔兰写不好汉语,站长肯定是我的。可是,我被调到了金沟乡农机站,那个站长年龄跟我差不多,我没指望了。再加上金子也鼓励我出去。金子两年前就对我说,你再在农机站待下去就完蛋了,最后像老李一样退休。我那时还不以为然,我怎么能像老李呢,我退休时最差也会像马站长一样,被大家称为刘站长。

可是我没当上站长。我这个人,可能天生不适合在地上干事情。我花好多年时间看天,不为人知地经营天上的事,现在我明白,其实我才是一架飞机呢,经常从地上起飞,飞到一个只有我知道的高远处,然后盘旋在那里,手臂伸展,眼睛朝下,看见我生活的城郊,我开在路边的小店,看见写在房顶的"飞机配件门市部",红色的,每个字每个笔画都在飞;看见领着一群人仰头看飞机的帕丽;看见小赵和金子,站在她们中间的我。

然后,我飞累了落回来。

有一天他们在地上找不到我的时候,会不会有谁往天上望,谁会在偏西的一片云海中看见我。我经常一个人在天上飞，左右手插在两边的裤兜里，腿并直，脸朝下。有时翘起半条腿，鞋底朝上，像飞机的尾翼。我顺风飘一阵，又逆风飞一阵。逆风时我的头发朝后飘，光亮的脑门露出来。我不动手。我是一个懒人。我想象我在地上的样子，也是多半时候手插在裤兜里。我在地上没干过什么事。当了十几年农机管理员，一直做统计。现在想想，我坐在办公室随意编造的那些数字，最后汇总到县、省、全国的农机报表中，国家不知道它的农机数据是错的。这些数字中有一些是一个乡农机管理员随便想出来的。也许它根本就不在乎这点差错。我每天记录的飞机过往数字没有差错，但没有谁需要。我开了个农机配件门市部，主要卖飞机配件。配件门市部开了两年，没挣什么钱，贷的一万块钱还了，剩下的就是库房里的一大堆大螺丝螺帽，这是我两年挣的。

还有，就是我写在房顶的"飞机配件门市部"。店卖掉后房顶的五块招牌都被风刮跑了。我听小赵说的。离开沙湾前我找小赵理发，我原想剃个光头，这样出去打工就不用操心头发的事了。小赵说，我给你造个型吧，你出去做事情穿着打扮都不能太随意，不能让别人看不起你。小赵很仔细地给我理了一个老板头，我在镜子前端详半天，还是觉得那个头不是我的。正在这时飞机的声音传进来，我和小赵一起出门，我看着路对面已经转给别人的配件门市部，心里一阵酸楚。小赵也没抬头看飞机，她一直看着我。小赵说，那天刮大风，房顶的五块招牌都飞了，有一块飞得特高特远，上面画着一架鲜红的飞机，那个招牌飞过我的理发店，飞过大渠，飞过机关农场果园，一直飞得看不见。风停以后我还去果园那边找，没找到，飞掉了。

小赵的美容店在配件门市部卖掉的第二年被银行封了。美容店的房子是别人的，小赵给男朋友贷款抵给银行的只是两把理发专用的躺椅和墙上的一面玻璃镜子。小赵被她父亲叫回家种地。后来嫁给一个村民。再以后怎么样我就不知道了。这些都是燕子告诉我的。燕子初中没毕业就辍学，给我看了两年店，后来开饭馆、开歌厅、开网吧，现在是沙湾最大的电脑专卖店老板。帕丽嫁给旦江后调到乌鲁木齐工作，一直跟金子保持着密切联系，在我的印象里帕丽有很多朋友，而金子似乎只有帕丽一个朋友，帕丽出车祸半身瘫痪，金子依旧是她最好的朋友，经常在家里炒了大盘鸡去看她，有时买了鸡到帕丽家炒。至于我，农机配件门市部卖掉后，我开始专心写诗，计划写一部万行长诗，主要是关于天空，关于云以及云朵下面一个村庄的事情。写到不到一千行，我扔掉诗稿进乌市打工。我的诗人生涯从此结束了。我在乌市打工期间，把我写完没写完的诗全改成散文。在那本后来很有名的写村庄的书里，没有一篇文章写到飞机。那个小村庄的天空中飞机还没有出世，整个夜晚只有我一个人在飞。